원점으로 돌아오다

어느 수학 교사의 첫사랑 이야기

원점으로 돌아오다

호르바 지음

좋은땅

차례

애어른 / 006
원점 / 027
어머니 / 040
소림독서실 / 060
나누고파 / 080
답장 / 106
고정 관념 / 124
황금비 / 142
여중생 / 161
블루마운틴 / 177
적분상수 / 195

애어른

공간을 소유했다. 정확히는 공간을 임차했다. 공격받던 교실과 교무실이 아닌 보호받는 공간이다. 공간은 시간과 함께한다. 이젠 나의 공간이자 시간이다. 초속 30만㎞의 속도로 빛이 쏟아져 들어왔다. 빛은 항상 같은 속도를 유지하지만, 시간은 달라졌다. 학교에서 근무하는 동안 바쁘다는 소리를 입에 달고 살았지만, 시간은 느렸다. 술자리에서 '자고 일어났을 때 예순 살이 돼 있으면 좋겠어.'라고 버릇처럼 말했다. 20년은 지루하게 흘렀고 작년 2월 퇴직했다. 사람들은 왜 좋은 직업을 일찍 퇴직하냐고 물었다. 마땅히 대답할 말이 없었다. 배부르게 밥을 먹었으면 식탁 앞에 있을 필요가 없듯이 그냥 그만하면 됐다. 앞으로 배고플 걱정에 계속 앉아 있을 필요는 없었다. 어머니는 아들의 자랑거리가 하나 사라져서 아쉬워했고, 아버지는 군대를 안 갔다 와서 정신력이 약해 그렇다고 결론 내렸다. 나의 퇴직은 주변 사람들에게 자동차 접촉사고와 같았다. 교통사고를 보고 지나가는 사람은 어쩌다가 그랬는지 궁금해하고, 운전자는 사고를 수습하고 뒤처리를 걱정한다. 남들은 원인을 궁금해했고, 부모님은 결론에 실망하며 앞으로 뭐

해 먹고살지 걱정했다. 막상 그만두니 할 일이 없어 주로 카페에 앉아 창밖을 멍하니 바라봤다. 카페나 할까? 갑자기 그런 생각이 들었다. 그날 이후 학원에 등록해서 바리스타 자격증을 땄다. 요즘 카페에서 빵도 파는 게 대세라는 말에 제빵기능사 자격증도 땄다. 퇴직금을 넘지 않는 선에서 '파란뫼'라는 간판을 달고 카페를 시작하게 됐다.

카페에서는 시간이 빠르게 지나갔다. 생각과 행동이 느려졌기 때문이다. 여전한 속도로 빛이 창을 통해 들어왔고, 나는 빛을 따라 천천히 움직였다. 나른함만으로도 시간은 빠르게 흘러 카페를 연 지 석 달이 지났다.

부동산 중개업자가 날 이곳에 데려왔을 때부터 마음을 굳혔다. 비록 번화가와 멀고 건물도 낡았지만, 햇빛이 앞쪽과 옆쪽의 창을 통해 쏟아져 들어와 공간을 가득 채웠다. 그것으로 충분했다. 햇빛이 그리는 직선을 따라 고개를 들면 파란 하늘이 두 팔 벌리듯 펼쳐졌다. 눈을 감고 햇빛을 그대로 맞으며 조용히 말했다.

"오늘도 하늘이 다했다."

그녀가 지금 이곳에 있었다면 하늘을 보며 두 팔 벌려 눈을 감고 이렇게 말했을 것이다. 그런 그녀가 너무 사랑스러워 벌린 팔 사이로 꼭 껴안아 주고 싶었는데, 그러질 못했다. 중개업자가 다음 물건을 보러 가자고 했지만, 난 이미 이곳으로 정했다.

출입문에 달린 종이 요란하게 울렸다. 특이하게도 도자기로 만든 종인데, 밝은 소리가 아닌 어딘가 깨진 듯한 소리가 났다. 소리는 얼마나 큰지. 카페를 오픈하기 전에 떼어 버리고 싶었지만 실패했다. 종이 떨어질 걸 염려해서인지 단단히 붙여 떼지지 않았다. 시간 날 때 떼야지 하면서 미루다 지금까지 왔다. 내가 들어서기 전에 이곳은 마사지방이었다. 마사지방 주인은 종을 남기고 갔다. 요란한 종소리가 마사지방이 망한 이유 중 하나일 것이라 확신한다. 마사지 받으며 슬슬 잠이 들 때쯤 종소리를 들으면 확 깼을 것이다. 선잠에서 깨면 머리가 아플 정도로 기분이 나빠진다. 떼고 싶은 건 또 하나 있다. 화장실 변기 앞에 붙은 사채 홍보 스티커다. 아마도 마사지를 받으러 온 사채업자가 속을 비우다 붙였을 것이다. 기술이 좋은 건지 한 번 붙인 스티커는 잘 떼어지지 않았다. 나는 손톱으로 긁다 포기했다. 글씨가 적힌 위쪽 종이만 반쯤 찢어졌을 뿐 나머지는 그대로 남았다.

요란한 종소리와 함께 손님이 들어왔다. 젊은 여자 둘이었다. 친군가? 자맨가?

"여기 언제 카페가 생겼지?"

"그러게."

그건 내게 물어봐야지. 두 여자는 크게 궁금하지 않은 듯 다른 얘기를 이어 갔다. 일단 주문부터 하시길. 두 사람은 잠깐 얘기를 마무리 짓고 주문했다.

"아이스 캐러멜 마키아토랑……."

"따뜻한 민트 모카 주세요. 휘핑크림 좀 많이 올려 주시고요."

"그 메뉴는 없는데요."

"네? 없다고요?"

왼쪽 여자가 메뉴판을 찾아 두리번거리다 보드에 적힌 메뉴를 살폈다.

"메뉴가 에스프레소, 아메리카노, 카페라테, 이게 다예요?"

"네, 그렇게 세 종류만 있어요."

두 여자는 당황한 표정으로 잠깐 얘기를 나눈 후 결론을 내렸다.

"그냥 다른 곳으로 갈게요. 죄송해요."

"괜찮습니다. 안녕히 가세요."

나는 다시 요란하게 종을 울리며 나가는 두 여자의 뒤통수에 인사했다. 오늘의 첫 손님이었고, 그냥 갔다. 자주 있는 일이다. 카페는 유동인구가 적은 곳에 있는 건물의 2층이고, 메뉴가 단순해서 손님이 거의 없다. 그래도 다른 곳에 비하면 월세가 싸서 버틸 만하다. 카페를 연 이유는 돈을 벌겠다기보다 공간이 필요했기 때문이다.

의도가 맞아떨어진 걸까? 하루 동안 손님의 수는 손가락으로 셀 수 있을 정도다. 그나마도 반은 메뉴를 보고 그냥 나가는 사람이고, 반은 혼자 시간을 보내거나 공부하는 사람이다. 언제부턴가 한 여자가 커피 한 잔 시켜 놓고 오전 내내 공부했다. 평일에 오는 거 보면 학생은 아니다. 여자는 대충 똥머리로 묶고 파란색 운동복 차림에 삼선 슬리퍼를 신고 와서 아무 자리에나 앉았다. 주위 시선을 신경 쓰지 않는 건지 아니면 집중력이 좋은 건지 모르겠으나, 공부가 잘 안될 때는 양말을 벗어 탁자 위에 올려놓았다. 어디든 진상은 존재한다. 그 행태를 지적할까 하다가 다른 손님도 없고 그나마 유일한 단골이라 그냥 뒀다. 하긴 내가 뭐라고. 그리고 귀찮았다. 나는 숨 쉬는 것만도 바쁜 사람이다.

손님이 많지 않지만, 커피 재고를 확인하고 주문해야 한다. 주방 옆에 있는 작은 물품 보관실에 들어가서 이것저것 확인하고 있는데, 큰 소리로 벨이 울렸다. '따르릉' 하고 유선전화 벨 소리가 들려서 처음엔 카페 전화인 줄 알았다. 생각해 보니 카페엔 전화가 없다. 여자의 핸드폰 벨 소리였다. 나는 벨이 너무 단순하고 복고라서 놀랐고, 여자는 소리가 너무 커서 놀랐다. 여자는 처음에 목소리를 낮춰 말하더니 카페 안에 아무도 없는 것을 확인하고는 평소 목소리 톤으로 편안히 말했다.

"여보세요? …… 카페. …… 도서관은 답답해서. 여기 사람도 없고, 조용해서 좋아. 집중도 잘되고. …… 여긴 특이하게 음악도 안 틀어. …… 조금만 더 공부하다 갈게. …… 밥은 집에서 먹을게. 끊어."

맞다. 종일 뭔가 빠진 것 같은 느낌이었는데, 카페에 음악이 없었구나. 단단하게 조여졌던 태엽이 풀리듯 퇴직 후 기억이 깜빡깜빡했다. 보관실에서 나와 음악을 틀다 말았다. 지금 음악을 틀면 그녀의 통화를 엿들은 셈이 된다. 그래도 볼륨을 낮춰 틀어야 하나? 이러지도 저러지도 못하고 있을 때 요란한 종소리를 내며 누군가 들어왔다. 인사를 하고 보니 건물주였다. 갑을 만나니 을의 본능으로 머릿속이 복잡해졌다. 건물주가 왜 왔을까? 설마 커피 마시러? 부동산에서 계약할 때 보고 처음이다. 계약서에 인감도장을 찍고 있을 때 건물주는 남편을 여의고 혼자 고생해서 마련한 건물이라며 한참 자랑했었다. 마치 임차하기 위해서는 건물주의 역사를 알아야 한다는 듯이. 귀담아듣지 않았지만 혼자 세 자식을 키워 분가시키고 건물주가 됐다는 것은 존경스러웠다. 건물주는 카페 안을 쭉 훑어보며 다가왔다. 그새 건물주가 왜 왔는지를 생각해 냈다. 아직 이번 달 월세를 보내지 않은 것이다. 지난달에도 그래서 자동이체해야지 했는데 그마저도 잊고 있었다. 이럴 땐 먼저 치고 들어가는 게 상책이다.

"죄송합니다. 깜빡 잊었습니다. 지금 바로 보내겠습니다."

건물주는 만족한 표정을 지었지만, 잔소리 겸 협박은 빼먹지 않았다.

"어찌 젊은 사람이 그리 깜빡깜빡하는가? 내가 이렇게 꼭 와야 하는가? 자동이체 할 줄 몰라? 그거 해 놓는다더니……. 다음에 또 이러면 보증금에서 그냥 제할 테니 그리 알아. 손님도 있으니 더는 얘기하지 않고 그냥 갈게."

"네, 알겠습니다. 다음엔 꼭 잘 지켜서 보내겠습니다."

그때 갑자기 눈물이 터져 나왔다. 한 방울 뚝 떨어지는 눈물이 아니라 용천수가 나오듯 멈춤 없이 양쪽 눈에서 흘렀다. 슬프거나 억울해서가 아니다. 그냥 나온다. 건물주는 당황해서 어쩔 줄 몰라 했다. 당황스럽긴 나도 마찬가지였다. 왜 하필 지금. 괜찮다는 뜻으로 입꼬리를 올려 웃어 보였다. 그래도 눈물이 계속 흘렀다. 말 그대로 '웃픈' 상황이 됐다. 갑자기 악덕 업자가 돼 버린 건물주는 상황을 모면하기 위해 큰 소리로 말했다.

"뭐야? 다 큰 남자가 그랬다고 울어? 사람 무안하게."

무관심하게 공부하던 여자가 호기심 가득한 표정으로 쳐다봤다. 눈물은 보란 듯이 멈추지 않고 흘렀다. 나는 바지 주머니에서 손수건을 꺼내 눈물을 닦아 냈지만, 바로 다시 눈물이 흘렀다. 처음이 아니라 매년 겪는 일이었다. 그래서 항상 손수건을 가지고 다니는 버릇이 생겼다. 손수건으로 계속 눈물을 닦았다.

"죄송합니다. 자꾸 눈물이 나네요."

어쩔 수 없이 흐르는 눈물이 왜 사과할 일인지 모르겠으나 일단 죄송하다는 말을 내뱉었다. 공부하던 여자는 주섬주섬 짐을 싸서 카페를 나갔고, 건물주도 이때다 싶었는지 그 뒤를 따라 나갔다. 카페 안에는 요란한 종소리만 메아리쳤다.

몇 분 지나 눈물이 멈췄다. 눈이 부은 채 달력을 봤다. 9월 15일이었다. 날짜를 확인하고 미리 마음의 준비를 해야 했는데 그러지 못했다. 슬프지도 않은데 눈물이 쏟아진 건 꽤 오래전부터다. 정확히 언제부턴지는 알 수 없으나 첫 기억은 신임교사일 때였다. 임용되고 두 달 지난 5월에 연구수업이 있었다. 교장, 교감, 수학과 선배 선생님들 앞에서 수업하던 중 갑자기 눈물이 쏟아졌다. 교실에 있던 교사와 학생이 모두 놀랐다. 공개수업이라 긴장하긴 했지만 울 정도는 아니었는데, 쏟아지는 눈물 때문에 수업을 할 수 없었다. 결국 수업은 중단됐고, 한동안 울보라고 놀림을 받아야 했다.

그게 처음일 뿐 마지막은 아니었다. 7월에 또 눈물이 쏟아졌다. 다음 해 5월과 8월에도 그랬다. 결국 안과를 찾았다. 의사는 안구건조증이 심하긴 하지만 이상 없다며, 심리적인 요인일 수도 있으니 정신과 상담을 받아 보라는 소견을 건넸다. 다시 신경정신과를 찾았다. 의사는 이것저것 질문을 했으나 뚜렷한 이유를 찾지 못했다. 의사는 증상이 일시적인지 어떤 연관성이 있는지 찾을 수 있도록 눈물을 흘리는 날짜를 기록하라고 했다. 매년 눈물을 흘렸고, 의사 말대로 기록을 했다. 그래서 알아낸 사실은 일 년에 두 번 눈물이 흐르고, 한 번은 5월 13일로 고정됐다는 것이다. 다른 한 번은 매년 달랐다. 어느 해는 7월 24일, 어느 해는 8월 12일, 어느 해는 8월 1일이었다. 이 날짜가 무엇인지는 스마트폰에 달력 앱을 설치한 후 알게 됐다. 그녀의 생일이었다. 그녀는 음력으로 생일을 챙겼다.

갑작스러운 눈물이 그녀와 관련 있다는 것을 알게 됐다. 그렇다고 해도 5월 13일은 알 수 없었다. 그녀와의 추억에서 그날은 기억이 없다.

그냥 받아들이기로 했다. 일 년에 두 번 눈물을 흘리며 당황하지만, 그렇게라도 그녀를 잊지 않는 게 좋았다. 그런데 3년 전부터 그 두 날짜에 눈물이 나오지 않았다. 그 대신 9월 15일에 눈물이 나왔다. 횟수가 줄어 좋은데, 그녀에게 무슨 변화가 생긴 것일까? 그 변화가 뭔지는 몰라도 행복한 변화이길 간절히 바랐다.

퇴직금만 남아 있던 통장은 입금보다 출금이 컸다. 잔액과 카페 수익은 간신히 버틸 수 있을 정도로만 유지됐다. 임용되고 첫 회식 자리에서 한 선배가 교사 월급은 딱 쓸 만큼만 준다고 했던 기억이 났다. 정말 그랬다. 20년을 근무했는데도 월급통장엔 쌓인 돈이 없었다. 퇴직할 때 에너지도 돈도 모두 소모되어 질병 가진 몸뚱어리만 남은 거 같아 씁쓸했다. 일찍 퇴직해서 그런 몸뚱어리라도 소모되지 않아 다행이라고 위로 삼았다.

공간이 필요했던 거면 그냥 오피스텔이나 얻을 걸 그랬나 하는 생각이 들었다. 하지만 오피스텔은 외롭다. 아무도 찾아오지 않는 공간을 원하지 않았다. 나만의 공간이지만, 누군가 찾아주길 원했다. 그래서 카페를 차린 것인데, 손님이 많지 않으니 월세가 부담되기 시작했다. 역시 세상엔 만만한 일이 없다. 카페 안쪽 구석에 자리한 책장 앞에 섰다. 그동안 읽고 쌓아 뒀던 책들이 꽂혀 있었다. 손님을 위한 것이기라기보다 나를 위한 책들이다. 여태 책을 꺼내 본 손님은 한 명도 없었다. 맨 윗줄부터 책 제목을 훑었다. 한 권을 꺼내 들어 책장을 빠르게 넘겼다. 연필로 밑줄 친 몇 개의 문장이 눈에 띄었다. 그 문장들에는 경제적인 또는 육체적인 고단함이 묻어 있었다.

이 책을 언제 읽었더라? 퇴직 후는 아니니까, 아마 재직 중이었을 텐데……. 힘은 들고, 돈도 시간도 없어서 나의 고단함을 대변해 준 문장에 밑줄 친 모양이다. 가끔 동료 교사들과 술자리를 하게 되면 자주 내뱉던 말이 있었다.

"남들은 시간이 많으면 돈이 없고, 돈이 많으면 시간이 없다는데, 왜 나는 둘 다 없지?"

그런 한탄을 안주 삼아 술을 마시고, 자연스럽게 로또 1등에 당첨되면 뭐 할지 서로 얘기했다. 로또 한 장씩 사서 헤어지며 누가 되든 서로를 잊지 말자고 의미 없는 약속을 했다. 퇴직한 후 돈만 없지, 시간은 많았다. 그것도 곧 돈과 함께 사라지겠지만.

요란한 종소리에 놀라 뒤돌아 문 쪽을 봤다. 며칠 만에 다시 건물주가 왔다. 순간적으로 을의 본성이 다시 발동되어 뭘 잘못했는지 찾기 위해 머리를 빠르게 돌렸다. 아무리 생각해도 문제가 없는데, 어쩐 일이지? 일단 인사부터 하자.

"안녕하세요? 어쩐 일이세요?"

"어쩐 일이냐고? 카페에 커피 마시러 왔지. 나는 뭐 오면 안 돼?"

그러고 보니 바보 같은 질문이었다.

"편한 곳에 앉으세요. 뭐로 드릴까요?"

"아메리카노."

"따뜻한 거요? 아이스요?"

"따뜻한 거."

건물주는 주문대 바로 앞자리에 앉았다. 게으름을 감시하겠다는 듯 의자 옆으로 앉아 한쪽 팔을 등받이에 올린 채 나를 지켜봤다. 최대한 눈이 안 마주치게 천천히 커피를 내렸다. 마치 바리스타 자격증 실기 시험을 보듯이.

포터필터를 뽑아서 물을 흘려준다. 마른 수건으로 물기를 닦고 그라인더의 레버를 당겨 바스켓에 원두 가루를 담는다. '탁, 탁, 탁, 탁' 그라인더 레버를 당길 때마다 수동으로 산 걸 후회했다. 능숙하게 레버를 당겨 원두 가루를 담는 게 멋져 보이긴 하지만 어느 손님도 보지 않았다. 언젠가 자동으로 바꿔야겠다. 하지만 그 언제가 오긴 할까? 계속해서 포터필터 표면에서 원두 가루를 깎아내고, 탬핑을 한다. 포터필터 가장자리 원두 가루를 털어내고, 과열된 물을 뽑아내고 포터필터를 헤드에 장착한다. 추출구 밑에 데미타세를 놓고 추출 버튼을 누른다. 추출한 에스프레소를 한쪽으로 치우고 포터필터를 빼낸다. 넉박스에 '탁' 쳐서 커피 찌꺼기를 빼낸 후 추출 버튼을 눌러 포터필터에 묻은 커피 찌꺼기를 닦아낸다. 그룹헤드에 다시 포터필터를 장착한다. 에스프레소를 컵에 담으려 돌아서니 건물주는 뭔가를 얘기하고 있었다. 혼잣말인 줄 알았는데 커피를 내리는 내 등에 대고 계속 말하는 중이었다. 기계 소리 때문인지 듣기 싫어서인지 건물주가 떠든 앞의 말을 거의 듣지 못했다. 커피를 탁자 위에 올려놓고서야 건물주의 얘기가 자세히 들렸다.

"자네 카페 메뉴가 맘에 들어. 메뉴가 단순하고 얼마나 좋아. 맛집도 메뉴가 하나란 말이지. 손님이 가면 '뭐 드시겠어요?'가 아니라 '몇 그릇이요?'라고 묻잖아. 얼마나 깔끔해. 고민할 필요도 없고. 요즘 살아가기 복잡한 세상인데 뭔 식당이나 카페마다 메뉴가 많고 어려운지 모르겠어. 그 많은 메뉴를 누가 먹긴 하나 몰라. 나 같은 사람은 발음도 안 돼서 주문도 못 해. 아, 글쎄 지난번엔 딸이랑 손자랑 외식하고 스타박스에 갔는데…….”

“스타벅스요?”

“어? 그래. 딸이 먹고 싶은 거 시키라는데 아는 게 있어야지. 그것보다 이름이 너무 어려워 시키질 못하겠더라고. 그래서 손자 먹는 거랑 같은 거 먹겠다 했어. 그 녀석이 시킨 게 뭐더라. 기억도 안 나네. 권투와 관련 있는데……. 펀치 뭐시긴데?”

나도 잘 몰라 스마트폰으로 검색했다. 새로 나온 ‘펀치 그래피티 블렌디드’였다. 화면을 보여 주니 건물주는 “이거 맞어.”라며 속 시원한 표정을 지었다.

“시부모가 집을 못 찾아오게 하려고 아파트 이름을 어렵게 짓는다더니, 늙은이들 카페 못 오게 하려고 메뉴 이름을 어렵게 짓는 거 아냐?”

“에이, 그럴 리가요. 저도 잘 몰라서 그런 곳에 가면 아메리카노만 시켜요.”

“그건 그렇고. 잠깐 이리 와서 앉아 봐. 할 얘기가 있으니.”

건물주는 주방에서 괜히 행주로 물기를 닦고 있는 나를 불러 앉혔다. 맞은편 자리에 앉자 건물주도 옆으로 앉아 있던 자세를 바꿔 바르게 앉았다. 이번엔 한쪽 팔이 옆 의자 등받이로 올라갔다.

“자네 이전에 수학선생님이었다메?”

“어떻게 아셨어요?”

“응. 계약할 때 부동산에서 들었지. 어쨌든 맞는구먼.”

쓸데없는 말을 했다고 후회하면서도 기억은 나지 않았다.

“그럼 제안 하나 하지.”

"제안이요? 갑자기 무슨……."

"우리 딸이 맞벌이예요. 초등학생인 손주가 있는데 학교 끝나면 딸이 퇴근해서 데리러 올 때까지 내가 봐주거든. 처음엔 손주랑 있으니 좋았는데, 아무것도 할 수가 없는 거야. 그래서 말인데 가끔 우리 손주 좀 여기서 봐주면 안 될까?"

"네?"

"수학 선생님이었으니 애들 잘 데리고 있을 거 같아 부탁하는 거야. 마땅히 믿고 맡길 데가 있어야지. 수학도 좀 가르쳐 주면 애 엄마한테 둘러대기도 좋잖아."

"글쎄요, 카페 때문에 시간이 될지 모르겠네요."

"에이, 손님도 별로 없는데 뭘……. 아, 미안. 나 그렇게 경우 없는 사람 아냐. 공짜로 부탁하는 게 아니라고. 당연히 그 값을 치러야지. 한 시간에 만 원씩 월세에서 깎아 줄게. 어때? 그 정도면 괜찮지 않아? 그리고 남자애가 아주 얌전해요. 뭐 신경 쓸 게 없어."

월세를 깎아 준다는 말에 혹했지만, 바로 승낙하고 싶지 않았다. 을이 갑이 되는 기회는 많지 않다.

"조금만 생각해 보고 내일 말씀드리면 안 될까요?"

"생각하고 말고 할 게 뭐 있어? 자네는 월세 아끼고, 나는 딸한테 손주 공부시킨다고 생색내며 자유시간을 누리는데, 서로 좋은 거 아냐? 뭐, 갑자기 부탁했으니 결정할 시간을 주긴 할게. 생각해 보고 내일 알려 줘."

건물주는 식어 버린 커피를 한 모금에 들이키고는 일어났다.

"이만 가 볼게. 계산."

건물주는 신용카드를 내밀었다.

“아니에요. 제가 드리는 거예요.”

“그러지 마. 그래서 어떻게 돈 벌어? 자 어서 받아.”

마지못해 신용카드를 받아 결제했다. 신용카드와 영수증을 받아든 건물주는 카페 안에 아무도 없는데도 조심스레 속삭였다.

“지난번엔 미안했어. 손님도 있는데. 난 그냥……. 그렇게 갑자기 울지 몰랐지.”

“괜찮습니다. 저도 그렇게 갑자기 울지 몰랐어요. 사실 울었다기보다는 그냥 눈물이 나온 거예요.”

“에이, 그게 그거지.”

“갑자기 그렇게 눈물이 쏟아지거든요.”

“그래? 그것도 무슨 질병인가? 병원은 가 봤어?”

“네. 가 봤더니 안구건조증이 심하긴 한데, 왜 갑자기 눈물이 쏟아지는지 알 수 없대요. 심리적일 수 있다고 하던데, 매일 그런 게 아니라서 그냥 적응하고 살아요.”

“그렇구나. 알았어. 내가 말한 거 잘 생각해 보고. 갈게.”

뭘 알았다는지 모르겠으나 갑자기 눈물 흘린 걸 대수롭지 않게 생각하겠다는 뜻인 거 같았다. 다시 카페는 조용해졌다. 건물주가 앉았던 자리를 정리하고 탁자를 닦으며 건물주의 제안을 생각했다. 맘속으로는 이미 제안을 받아들이기로 했다. 단지 내일까지 뜸을 들일 뿐이다.

며칠 후 건물주는 손자를 데리고 카페로 들어왔다. 요란한 종소리가 채 멈추기도 전에 건물주는 내 앞에 서 있었다. 뒤따라 들어온 손자는 할머니가 잡아 주지 않아 닫히는 문을 날쌘 몸놀림으로 비켜서 들어왔다.

"얘가 내 손자여. 아주 착해. 말썽도 안 부리고 그냥 혼자 이것저것 하며 잘 놀아. 두세 시간만 봐줘. 난 급해서 이만."

건물주가 자기 할 말만 하고 나가 버리는 동안 나는 아무 말도 못 했다. 혼자 남겨진 건물주의 손자와 나 사이에 어색함이 맴돌았다.

"안녕?"

"안녕하세요?"

한 어린이를 옆에 앉히고 한참 수다를 떨던 두 여자가 무슨 상황인지 궁금해하는 눈빛으로 쳐다봤다. 나는 손님을 향해 미안하다는 뜻으로 꾸벅 인사를 하고 녀석을 데리고 안쪽 끝에 있는 자리로 갔다.

"여기 앉으면 돼. 앞으로 올 때마다 여기 앉아. 알았지?"

"만일 여기 손님이 앉아 있으면요?"

그럴 리 없다. 다섯 개밖에 없는 탁자가 가득 찬 경우는 한 번도 없었다. 특히 녀석이 앉은 자리는 창가 자리가 아니어서 아무도 찾지 않았다. 주로 내가 책을 보거나 잡일할 때 앉았다. 그래도 질문했으니 대답은 해 줘야지.

"그럴 땐 네가 앉고 싶은데 앉아."

"손님이 많아서 빈자리가 없으면요?"

아, 집요한 녀석이다. 피곤한 스타일이군.

"글쎄, 그건 그때 생각해 보자. 일단 오늘은 여기."

녀석은 자리에 앉더니 두리번거렸다.

"왜, 뭐 필요한 거 있어?"

"아니에요. 찾았어요."

녀석은 한쪽 벽에 붙어 있는 와이파이 비밀번호를 스마트폰에 입력하더니 다시 자리로 가서 앉았다. 이어폰을 귀에 꽂고 화면에 집중했다. 그 모습이 좀 측은해 보였다. 저 나이엔 운동장에서 친구들과 공이라도 차며 흙에 뒹굴고 노는 게 좋은데. 결혼도 안 하고 자식도 없는 내가 이런 걱정을 하는 건 오지랖이었다. 바라보는 시선을 느꼈는지 녀석이 화면을 계속 보면서 말했다.

"아저씨, 그렇게 보지 않으셔도 돼요. 지금 편하고 좋아요."

나는 무안해져서 다시 다가가 물었다.

"그러고 보니 이름도 모르네. 넌 이름이 뭐니?"

"상혁이요. 박상혁. 아저씨 이름은 뭐예요?"

"나는 안기종."

"기종이 삼촌이라고 불러도 돼요?"

"그럼, 네가 편할 대로."

"그러면 기종이라고 불러도 돼요?"

이 녀석은 어린 게 뭐 이리 중간이 없이 극단적이야.

"글쎄, 그건 좀…… 안 될 거 같은데."

"그냥 기종이 삼촌이라고 할게요."

"그래, 상혁아. 뭐 필요한 거 있니? 우리 카페엔 커피밖에 없어서 마땅히 줄 게 없네. 우유라도 줄까?"

"바나나맛우유 있어요?"

역시 예상대로 피곤한 놈이다. 카페에서 바나나맛우유를 찾다니.

"미안, 없어. 여기는 카페잖아."

"왜 카페엔 없어요?"

"음, 그러게 왜 없을까? 커피 전문점이라서?"

"우유는 있다면서요."

"그거야 카페라테에 우유가 들어가니까. 바나나우유는 편의점에 있지."

녀석은 곰곰이 생각하더니 결론을 내린 듯 말했다.

"그러면 편의점에서 사다 주세요. 그리고 바나나우유가 아니라 바나나맛우유예요. 바나나를 갈아서 만들었으면 노란색이 아닌 흰색이겠죠."

왜 건물주가 손자와 함께 있는 걸 힘들어하는지 알겠다. 이 정도면 시간당 오천 원을 더 받아야 하지 않을까? 초등학생에게 가르침을 받다니. 하긴 모르면 배워야지. 도대체 세상엔 왜 이리 똑똑한 사람이 많은지. 주변 사람들은 모두 똑똑해지는데 나만 바보가 돼 간다.

"삼촌은 지금 장사 중이야. 저기 봐 손님들도 계시잖아. 내가 가게를 비우면 안 되겠지?"

"왜요, 저 사람들 삼촌을 찾지도 않는데. 그냥 자기들끼리 얘기하는데요? 그러면 제가 가서 사 올게요."

보통 녀석이 아니다. 계속 말싸움해 봐야 나만 피곤하다. 그냥 빨리 사 오는 게 낫겠다.

"아냐 아냐, 내가 갔다 올게. 그러면 너 어디 가지 말고 여기에 그대로 있어야 해! 알았지?"

도대체 난 뭘 하는 걸까? 초등학생의 심부름이나 하고 있다니, 내 팔자야. 건물주의 제안을 받아들인 걸 후회했지만, 통장 잔액을 생각하면 어쩔 수 없었다. 다시 자본주의의 노예가 됐구나.

편의점에서 바나나맛우유를 투 플러스 원으로 팔고 있었다. 봉툿값

20원이라는 말에 세 개를 손에 들고 다시 카페로 향했다. 나중에 건물주에게 함께 청구해야지. 플러스 원인 한 개는 내가 먹어도 되겠지? 공짜가 좋긴 좋은지 그새 기분이 좋아졌다.

카페에 들어서니 나갈 때의 모습 그대로였다. 두 시간 넘게 수다 떨고 있는 손님 옆을 지나갔다. 한 여자는 다섯 살쯤 된 애를 데리고 왔고, 맞은편에 앉은 여자는 혼자였다. 두 여자는 육아에 대해 여러 정보를 얘기하다 스마트폰으로 뭔가를 보여 주며 서로 추천하고 비난했다. 상혁은 여전히 이어폰을 끼고 화면을 들여다보고 있었다. 유리컵에 바나나맛우유를 따라 앞에 놓아주었다. 상혁은 나를 한 번 응시하더니 인사도 없이 다시 스마트폰에 빠져들었다. 고맙다는 말도 안 하고, 수고했다는 듯 쳐다보는 저 눈빛은 뭐지? 하긴 조물주 위에 건물주라는데, 녀석이 건물주의 손자이니 어쩔 수 없다.

"엄마, 나도 저거."

엄마 옆에서 스마트폰 게임을 하던 아들이 바나나맛우유가 담긴 컵을 가리키며 칭얼댔다.

"나도 저거 먹고 싶어."

"저게 뭔데? 여기요, 사장님!"

애 엄마는 대화를 끊기게 한 난국을 해결하고자 날 불렀다.

"저건 뭐예요? 저런 메뉴도 있었나?"

"아, 저건 그냥 편의점에서 사 온 바나나맛우유예요."

"여기서 파는 게 아니에요?"

"파는 게 아닙니다."

"아, 어쩌지?"

스마트폰을 탁자 위로 팽개친 아들은 거의 울 태세였다. 애 엄마도 나도 난감했다. 그때 맞은편에 앉은 여자가 말했다.

"사장님 아까 들어오시는 거 보니까 세 개 사 오던데, 그중 한 개 주시면 안 돼요? 계산은 할게요. 사 오신 가격에 천 원 더해서. 어때요?"

이 여자는 수다에 집중하고 있었는데 도대체 어떻게 본 거지? 선택의 여지가 없었다. 애가 울어 버리면 원망은 전부 내게로 향할 것이고, 우리 카페는 온라인에서 낮은 평점과 함께 손님이 왜 없는지 알겠다고 리뷰가 달릴 것이다.

"네, 알겠습니다. 잠시만 기다려 주세요."

바나나맛우유를 유리컵에 담고 빨대를 꽂아 여자의 아들 앞에 놓았다. 두 여자는 다시 수다를 떨었고, 애는 스마트폰 게임에 집중하며 입만 빨대로 움직여 먹었다.

건물주는 며칠 되지 않아 다시 손주를 맡기고 갔다.

"상혁이 왔구나. 할머니는?"

"바로 가셨어요."

창문을 통해 바삐 걸어가는 건물주의 뒷모습을 바라봤다. 손주만 카페 안으로 들이밀고 어딜 저리 바쁘게 가는 걸까? 상혁은 알아서 자리를 찾아가 앉았다.

"기종이 삼촌, 우리 할머니 같은 사람을 뭐라 하는지 아세요?"

"건물주?"

아, 이런 바보 같은 대답을……. 나의 지겨운 을의 본성이 부끄러웠다.

"그거 말고요. 맞벌이하는 엄마 대신 손주 키우는 할머니요."

"글쎄. 모르겠는데."

"할마요."

"아, 알겠다. 그러면 손주 키우는 할아버지는 할빠겠네."

"맞아요."

실없이 대답하고 웃던 나는 상혁의 진지한 표정에 뻘쭘해져서 웃음을 거둬들였다. 저 어린애 입에서 나오는 '할마'라는 단어에는 왜 진지함이 묻어 있지?

"바나나맛우유 줄까?"

바나나와 우유 사이에 맛을 빠트리고 말할까 봐 조심스레 '바나나', '맛', '우유'로 끊어 발음했다.

"네, 주세요. 바나나맛우유 어릴 때부터 좋아했어요."

지금도 어린데, 더 어릴 때면 언제야?

"그러면 엄마에게 사 달라고 하지."

"엄마가 일 안 할 때는 흰 우유만 먹게 했어요. 일하면서는 제 말을 귀담아듣지 않아요. 출근하는 엄마에게 바나나맛우유 먹고 싶다고 했더니 퇴근하면서 커다란 바나나 한 송이를 사 왔어요. 그래도 잊지 않고 사 온 게 고마워서 그 많은 바나나를 열심히 먹었죠. 그랬더니 제가 바나나를 좋아한다고 생각하고 계속 사 오는 거예요. 바나나맛우유를 먹고 싶은데."

"그랬구나. 이젠 여기 와서 먹어. 뭐 어차피 할머니가 사 주시는 거야."

"제가 먼저 말했어요."

"응? 뭘?"

"할머니께 이 카페에 있겠다고 먼저 말했어요. 할머니는 안 된다고 하셨는데 제가 그러고 싶다고 우겼어요."

"왜? 여기 네가 놀 만한 거리도 없는데."

"집이랑 가깝잖아요. 손님도 별로 없고, 아, 죄송해요. 그리고 외롭지 않잖아요. 집에서는 할머니랑 있어도 외로워요."

똥머리한 여자도, 상혁도 손님이 없어 우리 카페에 온다는 건 웃긴 아이러니였다.

"얼마 전에 할머니가 방에서 혼자 우는 걸 봤어요. 그날은 할머니가 친구들과 단풍 구경하러 가는 날인데, 저 때문에 못 갔거든요. 할머니 우울증이에요. 날씨 좋은 날도 울고, 비 오는 날도 울어요. 그게 저 때문인 거 같아서 속상해요. 그래서 제가 엄마에게 말했어요. 할머니가 나 때문에 힘들어한다고. 그랬더니 엄마는 할머니에게 용돈을 더 드리며 집에만 있지 말고 맛있는 것도 사 먹고 구경도 다니라고 했어요. 엄마도 힘들겠지만, 할머니가 불쌍해요. 할머니는 외로워해요. 할머니는 돈이 아니라 친구가 필요해요. 그래서 제가 먼저 여기 있고 싶다고 했어요."

"우리 상혁이 기특한데. 어른보다 낫네."

언제부터 '우리 상혁'이 됐지? 우울한 표정을 짓는 상혁을 위해 화제를 돌리려고 새로 적은 메뉴판을 들어 보여 줬다.

"상혁아, 이거 봐. 네 덕분에 메뉴가 추가됐다. 좀 웃기지."

메뉴판 맨 아랫줄에는 '어린이를 위한 편의점 바나나맛우유'라고 적혀 있었다. 상혁은 웃었다.

"그게 뭐예요."

"너 지난번에 봤지. 돈 내고 사 먹는 거. 어른은 커피 마시고 어린이는 바나나맛우유를 마시는 거지. 식당에 가면 어린이 메뉴로 돈가스

팔잖아."

"안 팔려서 날짜 지나면 어떻게 하려고요."

"무슨 걱정이야, 주문 들어올 때마다 앞 편의점 가서 사 오면 되지."

우린 웃으며 함께 바나나맛우유를 마셨다.

나도 상혁도 애어른이다. 40대인 나는 아직도 사춘기를 겪고 있고, 10대인 상혁은 어른을 걱정할 줄 안다. 애어른은 아이와 어른의 중간쯤에 존재하는 게 아니라 그 둘을 모두 포함하는 표현이다. 수학자들은 제곱해서 음수가 되는 값이 필요했다. 그래서 허수단위 i를 만들었다. i는 말 그대로 실존하지 않는 상상의 수이다. 허수(imaginary number)는 실수처럼 사칙연산이 가능하지만 크기를 비교할 수 없다. 2는 1보다 크지만, $2i$는 i보다 크다고 할 수 없다. 수학자들은 허수를 만들면서 수 체계도 확장했다. 실수와 허수를 합쳐서 복소수(Complex number)라고 부른다. 나와 상혁은 아이도 어른도 아닌 복합적인 애어른에 속한 원소다. 철없음이란 허수 부분을 가진 나와 어른스러움이란 허수 부분을 가진 상혁은 누가 더 나은지 더 못난지 비교할 수 없다. 둘 다 그냥 각자의 위치에서 존재하는 원소로서 가치 있다. 우린 꼭 아이일 필요도 어른일 필요도 없다. 어른이 아이 같다고, 아이가 어른 같다고 창피하거나 이상한 게 아니다. 하지만 나보다 더 어른스러운 생각과 말을 하는 상혁이 측은해 보였다. 무엇이 어린 상혁을 어른스럽게 만들었을까?

원점

밤새 모든 걸 치워 버릴 것처럼 바람이 거세게 불더니 아침엔 언제 그랬냐는 듯 하늘은 맑고 바람은 약해졌다. 창문을 여니 간들바람이 스쳐 지나가며 코끝을 건드렸다. 그 바람을 놓치지 않으려고 깊은숨을 들이켰다. 카페의 불을 켜고 창문을 열어 시작을 준비하는 과정에서 행복감을 느낀다. 사람들이 출근이나 등교하기 위해 발걸음을 재촉하고, 누군가는 집안일로 분주할 시간에 혼자 카페 공간을 차지하며 여유를 누렸다. 라디오를 켜자 블루투스 스피커에서 클래식이 흘러나왔다. 음악이 만들어 준 잔잔한 분위기 속에서 커피를 한 모금 마시니 저절로 "좋다."는 소리가 나왔다. 커피 향을 음미하며 머그잔을 들고 창가에 서서 지나가는 차와 사람의 풍경을 지켜봤다. 오픈하고 한 시간 정도는 손님이 오지 않는다. 온전히 나를 위해 소모하는 이 시간이 좋다. 퇴직하길 잘했다. 눈을 감고 기분 좋게 햇빛을 맞았다.

문에 매달린 종이 요란하게 울렸다. 이 시간에 누가 온 거지? 눈을 감고 있던 나는 갑작스러운 방문에 놀라 들고 있던 커피를 흘렸다. 앗, 뜨거워! 쉬리였다. 쉬리는 여전히 똥머리한 채 한쪽 어깨에는 책이 가득

찬 에코백을 메고 파란색 운동복에 슬리퍼를 끌며 들어왔다. 얼핏 봐도 쉬리의 표정이 좋지 않았다. 급하게 인사하고 냅킨으로 떨어진 커피를 닦았다.

"라테 한 잔 주세요."

쉬리는 계산하고 자리에 앉아 주섬주섬 책들을 꺼냈다. 쉬리는 표지에 적힌 '공무원 대비 한국사'라는 책 제목을 한동안 멍하니 보고 있었다. 반쯤은 증오를, 반쯤은 포기를 담은 눈빛으로. 나는 커피를 내리며 추측해 본다. 쉬리는 얼마 전 치른 공무원 시험에 떨어졌을 것이다. 지난번 왔을 때 탁자 위에 올려진 수험표를 봤다. 합격했으면 여기에 다시 오지 않았을 것이다. 책으로 가려져 이름을 정확하게 알 수 없지만, 끝 글자 '실'만 보였다. 그래서 그녀를 '쉬리'라고 부르기로 했다. 그 전엔 항상 아메리카노를 시키더니 오늘은 카페라테를 시켰다. 아마 마음 같아서는 캐러멜 마키아토를 먹고 싶었을 것이다. 그러나 카페엔 그 메뉴가 없다. 미안한 마음에 쉬리를 위로해 주고 싶었다. 아직 녹슬지 않은 실력으로 카페라테 위에 하트를 만들어 "맛있게 드세요."라는 말과 함께 미소 지으며 탁자에 놓아 주었다. 쉬리는 커피잔을 물컵처럼 잡더니 하트를 무시한 채 한 모금 훅 마셔 버렸다. 하트는 그 형체를 알아볼 수 없게 망가져 그냥 뭐가 있었는지도 모르게 얼룩으로 남았다. 딱 공무원이네.

쉬리의 머리부터 발끝까지 오로지 공부만 하겠다는 의지가 보였다. 저런 모습으로는 공부하다가 어딜 놀러 가거나 친구를 만날 수 없을 거 같았다. 그냥 기분 탓일까? 아니면 나만의 시간을 뺏긴 탓일까? 그녀의 파란색 운동복이 유난이 거슬렸다. 나는 파란색에 예민하다. 다른

색에 둔하기 때문이다. 나는 적록색맹이다. 정확하게는 색맹의 정도가 약한 색약이다. 빨간색, 녹색, 파란색의 가시광선을 인식하는 세 종류의 원추세포가 망막에 존재한다. 세 종류 중 하나에 이상이 생기면 색맹이 된다. 나는 빨간색과 녹색을 구분하지 못하는 '적색각 이상'인 경우다. 한 종류의 원추세포는 100가지 정도의 농담을 구별한다고 한다. 따라서 정상인은 100의 세제곱인 100만 가지의 색을 구별할 수 있다. 반면 나와 같은 색맹은 1만 가지의 색을 구별할 뿐이다. 학창 시절 신체검사할 때마다 정상인 친구들과 구분되는 게 짜증 나긴 했지만, 크게 신경 쓰지 않고 살았다. 1만 가지 색을 구별하는 것으로 만족했다. 유전적으로 약한 점이 있으면 강한 점도 있는 건지 모르겠으나, 파란색이 눈에 가장 빠르고 강하게 들어온다. 쉬리의 인공적인 파란색이 눈부시게 예쁜 하늘의 얼룩으로 보였다. 얼룩을 피해 좀 더 완벽한 하늘색을 보기 위해 창가로 갔다. 어릴 적 수채화를 그리다 물통에 흰색이 묻은 붓을 살짝 담그면 물속에서 물감이 하얗게 뭉실뭉실 피어올랐다. 흰 구름이 파란 하늘에 그렇게 묻어 있었다. 그녀를 처음 봤을 때의 하늘이었다.

그녀를 처음 봤던 날은 중학교 마지막 방학을 시작할 즈음이었다. 진학할 고등학교의 배정을 기다리며 넘치는 시간을 주체 못 해 매일 친구들과 전자오락실에서 지겹도록 시간을 보냈다. 그날도 그렇게 놀다가 친구들과 헤어져 집으로 가고 있었다. 운동화를 구겨 신고 찍찍 끌며 걷다가 발걸음을 멈췄다. 내 쪽으로 한 여자가 걸어오고 있었다. 그녀를 본 순간 주변이 흐릿해져 어떤 옷을 입고 있었는지 기억나지 않지만, 단발머리와 쌍꺼풀이 진 커다란 눈은 또렷하게 보였다. 점점 가까워져 그녀는 내 옆을 지나쳤고, 나는 멈춰선 채 몸의 방향만 바꿔 가며 바라봤다. 그녀의 앞에 파란 하늘이 펼쳐져 있었다. 파란 하늘에서 나타난 그녀는 다시 그곳으로 걸어갔다. 시간이 멈춰 그녀가 그 자리에서 있길 바랐으나, 정작 그대로 멈춘 것은 나였다. 아무것도 할 수 없어 그녀를 놓치지 않기 위해서 눈도 깜빡이지 않고 보고만 있었다. 그녀가 골목으로 사라졌다. 그녀가 보이지 않게 되자 다시 주변 배경이 하나씩 되살아났다. 눈에 남겨진 잔상은 1초도 되지 않아 사라졌지만, 그녀는 내 마음에 깊은 잔상을 남겼다. 그냥 있으면 안 된다. 사라진 그녀를 찾아야 한다. 지금 따라가지 않으면 평생 못 볼 수 있다. 구겨진 운동화를 바르게 신고 뛰었다. 다행히 골목으로 들어서니 그녀가 멀리서 보였다. 놓치지 않을 만큼 거리를 유지하며 따라갔다. 그녀는 입시학원으로 들어갔다. 학원 수업을 받으러 가는 모양이다. 나는 바로 집으로 달려갔다. 집으로 들어가며 "엄마!" 하고 외쳤다. 어머니는 부엌에서 분주하게 저녁 식사를 준비하고 있었다.

"아들, 배고프지? 잠깐만 참아. 거의 다 됐다."

"아니, 그게 아니라."

"아, 왜? 엄마 바쁜데 무슨 얘기 하려고."

"나 학원 다닐래."

"무슨 학원을? 갑자기. 맨날 놀더니 이젠 할 게 없나 보지?"

"고등학생도 되는데 수학, 영어 좀 미리 배워야지. 애들도 학원 갈 거래."

급한 대로 친구들을 팔았다.

"정말? 그러면 보내 줘야지. 공부하겠다는데……. 살다 보니 별일이 다 있네."

"지금 등록하게 돈 좀……."

"지금? 갑자기 돈이 어딨어? 그렇게 급하면 미리 얘기했어야 준비를 하지. 엄마가 돈을 싸놓고 사는 줄 알아?"

"그럼 어떡해. 지금 해야 하는데."

억지를 부리자 어머니는 옆집에서 돈을 빌려 왔다. 감사 인사도 없이 뛰어나가 학원으로 향했다. 그녀가 올라갔던 계단을 따라 2층으로 가니 학원 사무실이 보였다. 그곳엔 고등학교를 갓 졸업했을 정도의 여자가 앉아 서류를 정리하고 있었다. 서류철 겉에는 '강은혜'라는 이름이 작게 적혀 있었다. 은혜 누나구나. 누나는 뻘쭘하게 얼굴을 디미는 날 발견하고 물었다.

"어떻게 왔니?"

"학원 등록하러 왔는데요?"

"몇 학년인데?"

"중3이요."

"그래? 그러면 예비 고등반 수업 들어야 하는데, 과목은?"

"수학, 영어요."

누나는 내게 펜을 건네주며 노트에 이름, 집 전화번호, 주소를 적으라고 했다. 다 적자 누나는 그 옆에 '영, 수'라고 쓰며 강의실과 수업 시간을 알려 줬다. 강의실은 두 개밖에 없었다. 누나는 친구들을 데려오면 학원비를 할인해 준다는 말을 덧붙였다. 오락실에서 죽치고 있는 친구 두 명을 협박과 회유로 학원에 등록시켰다. 그렇게 해야만 공부가 아닌 그녀 때문에 학원 등록했다는 죄책감도 할인되는 거 같았다. 갑자기 나의 첫사랑이 시작됐다.

다음 날부터 학원 수업을 들으러 갔다. 아니 그녀를 보러 갔다. 나는 평소와 달리 한 시간이나 빨리 학원에 도착했다. 빈 강의실에 앉아 멀거니 칠판을 바라봤다. 강의실은 스무 개 정도의 책상으로 꽉 채워져 있었다. 강의실은 좁게 느껴졌고, 어딜 앉아도 선생님의 눈에 띌 것이 뻔했다. 그래도 맨 뒷자리를 점유해야 맘껏 그녀의 뒷모습이라도 볼 수 있겠다 싶었다. 떨리는 마음을 주체하지 못하고 불안해서 교재를 펴 놓은 채 멍하니 있었다. 강의 시작 10분 정도 남기고 학생들이 떼지어 삼삼오오 빠르게 들어와 눈치껏 자리를 찾아 앉았다. 아, 그녀가 들어온다. 다행이다. 어제 학원 등록을 마치고 집에 가서 너무 성급했단 생각이 들었다. 그녀에 대한 정보가 전혀 없었다. 학년이 달라 수업을 따로 듣게 되면 학원을 등록한 의미가 없었다. 그런 걱정으로 뒤척이다 잠이 들었다. 그런데 같은 수업을 듣게 된다니 누구에게 하는 인사인지 몰라도, 감사합니다.

그녀는 어제와 다르게 친구 두 명과 함께 들어왔다. 그녀가 앉은 자리는 강의실 중간쯤이었다. 내게서 앞으로 두 칸 왼쪽으로 한 칸 정도 떨어져 있었다. 선생님이 들어오고 영어 수업이 시작됐다. 영어 수업이 끝나자 쉬는 시간이 됐고, 그녀는 친구들과 아래층 가게로 가서 음료와 과자를 사서 들어와 얘기하며 먹었다. 나는 친구들이 나가자고 옷을 잡아당기고 목을 조르는 상황에도 싫다고 버텼다. 그녀에 대한 정보를 얻어야 했다. 이름만이라도. 그녀는 말없이 친구들 얘기에 웃기만 했다. 2교시 수학 수업이 시작됐다. 선생님은 피타고라스 정리를 활용해서 평면좌표 위의 두 점 사이의 거리를 구하는 공식에 관해 설명했다. 중학교 졸업하면서 피타고라스의 그늘에서 벗어나나 했더니 고등학교 때도 나오는구나. 선생님은 예제 문제의 풀이를 판서하며 설명했다. 내겐 어렵지 않은 문제였다. 그녀를 원점으로 하면 나의 좌표는 (2,1)이고 그녀와 나 사이의 거리는 $\sqrt{5}$ 이다. 이런 생각을 하며 그녀의 뒷모습을 바라보고 있는데 선생님이 이름을 불렀다. 나 말고 '기종'이라는 이름을 가진 사람이 또 있네? 옆에 앉은 친구가 "야, 너."라고 하며 바보 같은 생각 중인 내 팔을 툭 쳤다. 그때서야 현실로 돌아왔다.

"아, 예!"

나도 모르게 손을 들었다.

"응, 손은 내려."

옆에 앉은 친구들이 웃었다.

"피타고라스의 정리 알지?"

"네."

선생님은 직각삼각형을 그려서 두 변의 길이를 8과 15로 적더니 빗변의 길이가 얼마냐고 물었다. 뭐, 이 정도야.

"17입니다."

"그래, 맞다. 근데 기종이 너 수학 잘한다며?"

"예? 아니요."

긍정인지 부정인지 모를 어중간한 대답을 하고 얼굴이 빨개져서 고개를 숙였다. 눈치 없는 친구들은 "얘가 우리 학교에서 수학 제일 잘해요."라고 말했다. 이런, 이게 뭐람. 조용히 그녀만 보고 시간만 보내면 되는데 분위기가 이상하게 흘러갔다. 앞으로 수학 시간이 순탄치 않을 거 같은 느낌이 강하게 들었다. 저놈들을 등록시키는 게 아닌데. 그놈의 할인 때문에.

다음 날도 한 시간 일찍 학원으로 가서 자리를 잡았다. 어제보다 한 칸 앞에 앉았다. 그녀가 어제와 같은 자리에 앉는다면 나의 좌표는 (1,1)이고, 거리는 $\sqrt{2}$가 된다. $\sqrt{5}$는 약 2.236이고, $\sqrt{2}$는 약 1.414니까 0.822 정도 가까워지는 것이다. 그때 누군가 어깨를 치며 "야!" 하고 말했다. 뒤돌아보니 은혜 누나였다. 누나는 옆자리에 앉았다.

"너, 왜 이렇게 일찍 왔냐? 어제는 첫날이라 그렇다지만."

"그냥요. 뭐 할 일도 없고 해서."

"내가 맞춰 볼까? 너 좋아하는 애 있지?"

못된 짓 하다 들킨 것처럼 얼굴이 빨개져서 웃어야 할지 화를 내야 할지 몰랐다. 누나는 재밌다는 표정으로 자리에서 일어나 강의실 밖으로 나가며 한마디 했다.

"너 다 티나."

그런가? 친구들은 전혀 모르던데. 하긴 그 눈치 없는 것들이 알 리가 없지. 수업 시간이 다가왔고 학생들이 들어와 자리를 잡았다. 역시 예상 그대로 그녀는 나의 원점에 자리를 잡았다. 어제보다 0.822만큼 가까워진 이 자리가 맘에 들기 시작했다. 이제부터 나의 고정석이다. 영어 수업 내내 선생님이 'to 부정사'를 설명한 것 같은데 머릿속엔 'to you'만 남았다. 쉬는 시간이 되고 그녀는 수학 선생님과 동시에 들어왔다. 수학 선생님은 직선과 포물선의 관계를 설명하고 칠판에 문제를 적었다.

"자, 다들 이 문제를 풀어 봐라. 그리고 누가 나와서 풀어 볼까?"

아, 이런 그녀를 쳐다보다 타이밍을 놓쳤다. 다들 고개 숙여 문제를 풀고 있는데 나만 고개를 쳐들고 있다니.

"그래, 기종이가 해 보자. 수학 하면 기종이지."

대충 몇 줄 쓰고 들어왔다.

"뭐야, 풀이가 뭐 이리 간단해? 그래도 답은 맞았네? 암산으로 푼 거야? 역시."

친구들이 일제히 "오~!" 하는 아우성에 얼굴을 들 수 없었다. 그만 좀 해라, 애들아. 선생님도 제발……. 그냥 내가 없다고 생각하면 안 되나요?

그렇게 며칠이 지나는 동안 그녀의 이름을 알게 됐다. 친구들이 그녀를 '미수'라고 불렀다. 매일 문제를 풀게 하며 날 괴롭히던 수학 선생님 덕분에 그녀의 성도 알게 됐다. 선생님은 칠판 가운데에 선을 긋고 두 문제를 적었다. 그리고 망설임 없이 날 부르며 나와서 풀라고 했다. 이 정도 되면 학원비를 내는 게 아니라 받아야 하지 않나? 비좁은 책상 사이를 옆으로 걸어 나갔다. 수학 선생님이 다른 문제를 풀 사람을 물색하는 동안 간단히 풀이를 적었다. 답을 적고 들어가려는데 선생님이 그녀의 이름을 불렀다.

"두 번째 문제는 미수가 풀어 보자. 지미수!"

그녀의 이름이 '지미수'였구나. 선생님 감사합니다. 더군다나 바로 옆에서 함께 문제를 풀 수 있다니. 오늘부터 은인으로 모실게요. 칠판에 적은 풀이를 싹 지웠다. 이대로 그냥 들어가고 싶지 않았다. 그녀보다 늦게 풀어야 한다. 그녀는 앞으로 나와 분필을 잡고 문제를 풀기 시작했다. 나는 그녀의 행동을 곁눈질하며 천천히 그리고 자세하게 풀이를 적었다. 수학 선생님은 옆으로 와서 팔짱을 끼고 웃으며 풀이가 아닌 날 지켜봤다. 이건 무슨 분위기지?

그녀는 답을 적고 자리로 돌아갔다. 나도 풀이의 남은 부분을 대충 적고 따라 들어갔다. 자리에 앉자 친구들이 낮은 목소리로 "에~." 하고 합창했다. 이놈들아, 다 들린다. 수업이 끝나고 강의실을 나가는데 수학 선생님이 어깨를 툭 치며 친구들처럼 "에~." 하고 지나갔다. 나중에 은혜 누나에게 듣기로는 이미 선생님들도 내가 그녀를 좋아한다는 것을 알고 있었고, 일부러 수학 선생님이 나와 그녀를 불러 풀게 시킨 것이었다.

그렇게 시간은 빠르게 지나 중학교를 졸업했고, 고등학교 입학을 앞두고 있었다. 하루하루가 긴장의 연속이었다. 유별난 친구들 때문에 학원 사람들은 내가 그녀를 좋아하는 것을 알게 됐다. 당연히 그녀도 눈치챘을 것이다. 하지만 그녀는 내게 눈길 한 번 주지 않았다. 용기가 필요한 때가 됐다. 주머니엔 2주째 편지가 들어 있었다. 주머니에 오래 넣고 다녀 봉투에 때가 타고 헤져서 세 번이나 다시 썼다. 편지에는 좋아하는 마음과 집 전화번호를 써 놓았다. 2월 말이 되면 고등학교 입학을 앞두고 학원 강의가 끝난다. 그러면 그녀를 언제 다시 볼지 알 수 없다. 평생 못 볼 수도 있다. 편지를 전달하기 위해 기회를 엿보고 있었다. 하지만 용기가 나지 않았다. 그녀는 항상 친구 두 명과 다녔다. 혼자 있을 때를 기다렸으나 그런 적이 없었다. 학원 문을 들어설 때마다 오늘은 꼭 전달하겠다며 결심하지만, 그녀가 나타나면 원래 그 자리에 있던 것처럼 굳어 돌이 됐다. 여전히 일찍 학원에 도착해 혼자 강의실에 있는데 은혜 누나가 다가왔다.

"기종아, 이번 주가 마지막이네."

"네."

"그래, 영어 수학 실력 좀 늘었니? 다른 실력만 는 거 아냐?"

내가 학원 등록한 이유를 알고 있는 누나는 농담을 건넸다.

"너 서둘러야 한다."

무슨 말인지 모르겠다는 표정으로 누나를 쳐다봤다.

"미수가 다닐 고등학교가 수원에 있는데, 걔 하숙할 거래. 그래서 언제 갑자기 안 올지 몰라."

"수업이 금요일까진데 그때까진 오겠죠."

"너 고백할 거면 빨리 해. 시간이 없어."

은혜 누나는 그렇게 말을 던지고 가 버렸다. 머릿속이 하얘졌다. 이때까지 겪어 보지 못한 시련이다. 인생 최대의 용기가 필요할 때다. 오늘이 수요일이니까 사흘 안에 결정을 지어야 한다. 아니다. 금요일까지 미룰 것도 없다. 오늘 꼭 마음을, 편지를 전해야 한다. 주머니에서 편지를 꺼내 영어책 사이에 끼워 놓았다. 영어 수업이 끝난 후 쉬는 시간에 편지를 전하리라. 평소 관심도 없던 모든 신과 조상을 끌어들여 용기를 달라고 간절히 빌었다.

수업 시간이 다가오자 학생들이 들어오기 시작했다. 한 사람 한 사람 들어올 때마다 심장 박동이 두 배씩 빨라졌다. 숨이 막힐 정도였다. 이러다 죽을 수도 있겠다 싶은 순간 영어 선생님이 들어오고 문이 닫혔다. 왜 안 오지? 오늘 좀 늦나? 설마? 곧 들어오겠지. 원점은 빈자리로 남았다. 원점이 사라지자 공간을 이루던 좌표축이 모두 희미해져 강의실이 분해되어 갔다. 그녀의 친구들도 보이지 않았다. 영어 수업이 끝날 때까지 그녀는 오지 않았다. 쉬는 시간 친구들은 나의 안색을 살피더니 말 걸지 않고 자기들끼리 나갔다. 수학 수업이 시작됐다. 수학 선생님은 이상한 기운을 눈치챘는지 내게 문제 풀란 얘기를 하지 않았다. 누군가 내게 말을 걸었다면 눈물이 터져 나왔을 것이다. 그걸 안 걸까? 강의실에 혼자 남을 때까지 누구도 말을 걸지 않았다. 편지를 꺼냈다. 찢으려다가 아직 이틀이 남았다는 것을 인지했다. 오늘만 안 온 것일 수도 있다. 하지만 그건 내 바람일 뿐 그녀는 결국 종강하는 날까지 오지 않았다. 집으로 돌아와 편지를 찢었다. 최대한 잘게 찢었다. 더는 손으로 찢을 수 없을 지경까지. 찢을 때마다 방파제를 넘어오는 파도처럼 눈물이 눈꺼풀에 넘쳐흘렀다. 용기 없는 내가 너무 한심했다. 평생 만날 수도, 볼 수도 없다는 생각에 어찌할 바를 몰라 죽고 싶었다. 학원 교재를 벽으로 던졌다. 이런 게 다 무슨 소용이야! 영어와 수학 교재는 벽에 부딪힌 후 바닥에 멋대로 펼쳐져 엎어졌다. 표지에는 바탕체로 크게 예비고등 영어, 수학이라고 인쇄되어 있고, 아래쪽엔 학원 이름이 굵은 고딕체로 광고하듯 박혀 있었다. 이젠 이놈의 학원도, 그녀도 끝이다. 책상에 머리를 박고 자책하다가 문득 생각이 떠올랐다. 그래, 은혜 누나는 알지도……. 그녀도 학원 등록할 때 집 전화번호와 주소를 적었을 것이다. 두루마리 휴지를 풀어 대충 눈물을 닦고 학원으로 달려갔다. 계단을 뛰어 올라가 창문 틈으로 사무실을 엿보니 다행히도 은혜 누나가 혼자 있었다. 반쯤 열려 있는 문에 노크했다. 누나는 때마침 등록대장을 정리하고 있었다.

"어? 기종이가 웬일이야? 아직 집에 안 갔어?"

"저……. 부탁이 있어 다시 왔어요."

"그래, 잠깐만."

누나는 어디까지 작업했는지를 표시해 놓고 다시 나를 향했다. 이미 부어 버린 내 눈을 보고 살짝 당황하더니 모른 척했다.

"무슨 일인데?"

"누나, 제가 좋아하는 애 아시죠?"

차마 이름조차도 말 못 하는 나를 배려하려는 마음이었는지 누나도 이름을 말하지 않았다.

"당연히 알지. 그런데 오늘 안 왔더라."

도움을 받고자 한다면 진실해야 한다.

"네. 그래서 누나에게 부탁할 게 있어요. 제가 편지를 전해야 하는데 오늘 안 와서 결국 못 전했어요. 용기가 없어서……."

"그랬구나."

"혹시 그 애 집 전화번호랑 주소를 좀 알 수 있을까요?"

"그건 좀 곤란한데. 나는 너를 믿지만, 그래도 함부로 알려 주는 게……."

"누나, 제발요. 부탁해요. 도와주세요."

은혜 누나는 내 얼굴을 빤히 쳐다보며 고민에 잠겼다. 그러더니 덮어 놨던 등록부의 한 페이지를 펴 놓고 말했다.

"아, 계속 앉아서 작업하느라 화장실도 못 갔네. 기종아, 나 화장실 좀 갔다 올게."

나는 바로 눈치챘다. 누나가 화장실로 들어가자 펼쳐진 등록부에서 그녀의 이름을 찾았다. 누가 볼까 봐 조마조마하며 책상의 메모지에 그녀의 집 전화번호와 주소를 빠르게 적었다. 누나가 화장실에서 나왔다. "누나, 고마워요!"라고 외치며 집으로 달려갔다.

어머니

쉬리는 오늘도 카페에 일찍 와서 자리를 잡았다. 항상 같은 모습이었다. 나는 다른 그림 찾기 하듯 어제와 뭐가 달라졌을까 찾았다. 똥머리, 파란색 운동복, 삼선슬리퍼는 그대로였다. 양말이 달라졌다. 어제는 스펀지밥이 그려진 캐릭터 양말을 신고 오더니, 오늘은 미니언이다. 도대체 저런 양말은 어디서 사는 걸까?

핸드폰 진동이 울렸다. 아침부터 전화할 사람이 없는데……. 화면을 확인하니 후배 교사 태승이었다.

"여보세요? 태승, 오랜만이야."

"선배, 잘 지내죠?"

"나야 너무 잘 지내서 탈이지. 당신은 학교 아냐?"

"맞아요. 지금 비는 시간인데, 생각나서 전화했어요."

"와, 내 생각도 해 주고 영광인데."

"언제 만나서 한잔해야죠."

"좋지, 나야 언제든."

"카페는 좀 어때요? 장사 잘돼요?"

"그냥 뭐 간신히 버티고 있어."

"혹시 시간 되면 과외해 보실래요? 누나 큰딸이 올해 고등학교 들어갔는데, 얘가 수학이 어렵다고 난리예요. 그래서 선배가 생각났어요. 어때요?"

"고맙긴 한데, 안 해. 나 가르치는 거 싫어서 학교 나온 사람이잖아."

"알죠. 그래도 생각 좀 해 봐요."

학교의 최근 상황과 몇몇 동료 교사의 근황에 관한 얘기를 나누고 전화를 끊었다. 태승의 제안을 바로 거절하긴 했지만, 과외수업을 생각 안 해 본 건 아니었다. 카페를 유지하기 위해 과외수업해야 할 정도는 아니지만 미리 조치할 필요는 있었다. 낮에도 손님이 많지 않지만, 해가 지면 거의 없었다. 그럴 때면 카페에서 과외수업해도 괜찮겠다고 생각했다. 그러나 아직은 입시를 위해 수학을 가르치고 싶지 않았다. 학생이 수학 문제를 빠르고 쉽게 풀도록 만드는 가르침은 지겨웠다. 수학을 즐기며 돈을 벌 수 없을까? 얼마 전 온라인에서 봤던 뉴스 기사가 기억났다. 최근 코로나 이후 집에서 취미로 수학 문제를 푼다는 기사였다. '인생에는 정답이 없는데 수학에는 정답이 있어서 답을 구했을 때 스트레스가 해소된다.'는 인터뷰 내용도 함께 있었다. 고민 끝에 취미로 수학을 공부할 수 있는 모임을 만들기로 했다. 일단 광고지를 만들어 붙여 보자. 제목을 뭐로 하면 좋을까? 학교에서 수학 동아리를 만들려다 동아리명 때문에 학생 모집에 실패했었다.

수학이란 교과명은 피하고 싶게 만드는 성질이 있다. 많은 사람이 자신은 '수포자'라고 생각하기 때문에 수학과 가까이하기 어렵다. 입시에 도움이 될까 해서 수학 교사의 사명을 띠고 동아리를 만들었다. 동아리는 독서를 통한 수학 연구를 목표로 했다. 학생을 모집한 결과 전교생 중 다섯 명만 신청했다. 애들이 너무 많이 와서 어떻게 운영할지 걱정하는 등산반 선생님과 얘기를 나누며 왜 인기 없는지 알게 됐다.

"안 선생, 동아리 이름이 '수학독서탐구반'이라며?"

"네. 이공계 진학하려는 애들에겐 도움이 될 텐데 왜 신청을 안 하는지 모르겠어요."

"그 이유를 안 선생만 모르는 거 같은데."

"글쎄요. 수학이 어렵고 싫어서 많이 안 올 걸 예상하긴 했는데, 다섯 명은 너무 하잖아요. 근데 왜 그러죠?"

"애들이 싫어하는 거 모아서 이름을 지으니 그렇지. 애들이 수학도, 독서도, 탐구도 싫어하는데 수학독서탐구반이 뭐냐?"

학교에서 실패했던 경험을 교훈 삼아서 모임 광고지를 거부감 없이 만들어야 했다. 고민해서 만들었지만, '수학'이란 두 글자가 주는 거부감은 지워지지 않았다.

'다 함께 취미로 배우는 재밌는 수학' 회원 모집

세계 최고령자로 기네스북에 올랐던 할머니도 매일 아침 산수 문제를 풀며 공부했습니다.

학생 때 포기했던 수학, 취미로 공부하면 재밌고 흥미롭습니다.

- 모임일시 : 매달 첫째, 셋째 주 금요일 오후 7시~9시
- 모임장소 : 카페 파란뫼
- 누구나 참석 가능함
- 회비 없음. 단, 커피 한 잔을 주문해야 함

- 궁금한 점은 010-XXXX-XXXX으로 문의 바람

워드로 작성해서 A4용지에 인쇄했다. 학교에서 동아리를 만들 때보다 더 자신감이 없었다. 누가 올까? 나 자신도 의문을 품으며 계단 입구 벽에 적힌 '카페 파란뫼' 옆에 붙였다.

광고를 붙인 지 일주일이 지났지만, 문의 전화는 한 번도 오지 않았다. 조금 더 기다려 보자. 오늘도 여전히 손님은 없고, 햇볕은 좋아 카페 안으로 무대 조명처럼 빛이 들어왔다. 창가 자리에 앉아 커피를 마시며 바깥 풍경을 보고 있는데, 저 멀리 어머니가 보자기에 싼 짐을 들고 걸어오고 있었다. 특유의 잰 발걸음만으로도 어머니를 알아볼 수 있었다. 들고 있던 커피잔을 내려놓고 어머니를 맞이하러 카페를 나섰다. 어머니는 이미 카페 계단 앞에 서서 붙여 놓은 광고지를 살펴보고 있었다. 어머니의 잔소리가 시작될까 걱정되어 짐을 받아 들고 서둘러 카페 안으로 들어왔다. 짐의 부피와 무게로 반찬인 걸 알 수 있었다.

"밥 먹었니?"

"당연히 먹었죠. 지금이 몇 신데요."

배고프지 않아 점심을 건너뛰었지만, 어머니가 항상 끼니 걱정하시는 걸 알기에 거짓말을 했다.

"밥하고 반찬 싸 왔으니까 거르지 말고 먹어."

"네. 밥 잘 챙겨 먹고 있어요. 걱정하지 마세요."

"맨날 빵이나 먹지 말고."

"앞의 식당에서 밥도 사 먹고 그래요."

"집밥만 하겠냐?"

"기왕 오셨는데, 커피 한잔하고 가세요."

"잠 안 와서 안 돼. 안 그래도 요즘 수면제 먹어. 이거 전했으니 갈게."

"그냥 가시게요? 그래도 좀 계시다……."

말이 끝나기도 전에 어머니는 몸을 돌려 문으로 향했다. 어머니의 고집은 이길 수 없다. 그 고집은 힘든 세월을 이겨 낼 수 있었던 힘이었다.

"그럼 조심히 가세요."

어머니는 대답도 하지 않고, 뒤도 돌아보지 않았다.

보자기로 단단히 싼 짐을 탁자 위에 올려놓고 풀었다. 얼마나 단단히 묶었는지 잘 풀리지 않았다. 보자기를 간신히 풀어내자 밥과 여러 반찬이 투명 통에 담겨 있었다. 한쪽엔 숟가락과 젓가락이 포일에 싸여 있었다. 뚜껑을 열어 김치 하나를 손으로 집어 먹었다. 어릴 때부터 먹던 김치 맛이다. 어머니는 자신의 입맛이 변해 김치 맛도 모르겠다 말하지만, 맛은 그대로였다. 어머니의 김치 맛은 입맛이 아닌 손맛이기 때문이다. 주름진 어머니의 손을 볼 때면 이 김치를 먹지 못하게 되는 언젠가가 두렵다. 아직 온기가 남아 있는 밥을 먹었다. 도시락 때문에 어머니를 가슴 아프게 한 일이 생각났다.

경기도 광주에서 중학교를 졸업한 나는 성남에 있는 고등학교로 진학했다. 그 당시 광주에는 종합고등학교만 있어서 자연 계열로 공부할 수 없었다. 고향을 떠나 다른 지역 학교에 다니며 모든 게 낯설었다. 교실에 앉아 있는 애들은 다른 세상 사람처럼 느껴졌다. 성남에서 중학교를 졸업한 애들은 반에 친구들이 있었지만 내겐 한 명도 없었다. 친구가 없다는 것은 밤 11시까지 이어지는 야간 자율 학습보다 나를 더

지치게 했다. 밤늦게까지 학교에 있다 보니 도시락도 두 개를 싸야 했다. 어머니는 가족들 아침 식사를 차리는 바쁜 와중에도 내 도시락을 싸야 했다. 어머니가 피곤으로 무거워진 몸을 이끌고 새벽에 일어났을 고됨을 생각하면 죄송스럽고, 감사했다.

집과 학교는 버스를 두 번 타야 오갈 수 있었다. 야간 자율 학습을 마친 후 막차를 타고 집에 오면 시각은 자정을 넘어 잠도 체력도 부족했다. 그날도 막차를 타고 집으로 오던 중이었는데, 버스 뒷자리를 여학생들이 차지하고 있었다. 나는 앞쪽에 하나 남은 자리에 앉았다. 그 자리는 앞바퀴 위에 있어서 다른 좌석보다 높았다. 앉자마자 잠이 들었고 안경을 유리창에 부딪치면서도 잠에서 헤어 나오지 못했다. 한참 비포장 길을 달리던 버스가 급커브 하면서 가방을 껴안고 자던 나는 그대로 바닥으로 떨어졌다. 동시에 도시락 가방에서 튀어나온 반찬통들이 버스 바닥에 뒹굴었다. 김치가 담긴 통은 뚜껑이 떨어져 그 민낯을 그대로 드러내며 쏟아졌다. 비포장 길을 달리는 버스 안에서 몸의 중심을 잡아 가며 반찬통을 집어 들었다. 휴지도 없어 손으로 김치를 쓸어 담고 체육복으로 바닥을 닦은 후 자리에 앉았다. 뒤에 앉은 여학생들이 김치 냄새난다고 수군대며 웃는 소리가 들렸다. 그날은 매일 김치를 싸 주는 어머니를 원망하며 반찬을 안 먹고 맨밥만 먹었는데, 그 벌을 받은 것인지 죽고 싶은 마음이었다. 집에 도착했을 때 어머니는 날 기다리고 있었다. 누구의 잘못도 아닌, 특히나 어머니의 잘못이 아닌 걸 알면서도 도시락을 팽개치며 "김치 좀 그만 싸!"라고 소리 질렀다. 방으로 들어가 이불을 덮어쓰며 어머니에게 미안한 마음이 가득했지만, 죄송하다고 말하지 못했다.

유리함수를 가르치던 수업 중이었다. 학생들에게 분모가 0이 될 수 없는 이유를 물었다. 아무도 대답을 못 하고 있는데, 평소 수학 수업에 관심 없던 경환이 말했다.

"엄마 없이 아들이 존재할 수 없으니까요."

그 대답을 듣고 수학을 못한다는 이유로 경환을 무시했던 게 부끄러웠다. 경환은 어떻게 그런 생각을 했을까? 나중에 경환의 담임에게 아버지가 일찍 돌아가셔서 공장일 하는 어머니와 단둘이 살고 있다는 말을 전해 들었다. 경환의 말이 맞다. 우리는 어머니가 존재하기 때문에 존재하는데, 바보처럼 그 간단하고 분명한 사실을 잊고 산다. 분모가 0이 될 수 없는 반면 분자는 0이 될 수 있다. 분자가 0이면 '1분의 0'이라고 하지 않는다. 그냥 분모를 생략해서 0이라고 쓴다. 분자가 없으면 분모를 생략하는 것이다. 어머니의 존재도 그렇다. 자식이 없어지면 자신의 존재 이유를 잃는다.

광고지를 붙인 후 첫 모임이 있는 날이 됐다. 문의 전화가 딱 한 번 왔다. 고등학생 아들을 둔 엄마가 과외수업인 줄 알고 수업료가 얼마인지 물었다. 그 엄마는 그런 수업이 아니라는 설명을 듣더니 바로 끊어 버렸다. 비록 문의 전화는 한 번뿐이었지만, 내심 몇 명은 올 거라 기대했다. 하지만 그건 나만의 바람이었다. 모임 시각이 지났지만 아무도 오지 않았다. 시계의 긴 바늘은 이미 숫자 4를 가리키고 있었다. 시계 초침 소리가 들릴 정도로 카페 안은 적막했다. 그때 요란한 종소리가 울리며 어머니가 들어왔다. 어머니는 카페 안을 둘러보더니 의자에 앉았다.

"아무도 안 왔어? 그럼 그렇지."

어머니는 들고 온 가방에서 노트와 볼펜을 꺼냈다.

"에이, 이거 괜히 샀네."

"혹시 모임에 오신 거예요?"

"그래, 나도 그 모임 하려고. 왜, 하면 안 돼?"

"그런 건 아니지만……."

"누구든 참석 가능하다며? 반찬 주러 왔을 때, 붙어 있는 거 봤다. 보자마자 나도 하고 싶단 생각 들었어."

"괜찮으시겠어요?"

"왜, 내가 초등학교밖에 안 나와서? 학력 제한 있는 거야?"

"아니에요. 그게 아니라 아버지 저녁 식사도 그렇고, 어머니 힘드실까 봐 그렇죠."

"그냥 앉아서 듣고 떠드는 게 뭐 힘들어. 아버지도 이젠 가끔 혼자 드셔도 돼. 평생 밥해 줬는데 한 끼 정도야. 그리고 커피는 공짜로 안 먹고 돈 낼 테니 걱정하지 마."

"알았어요. 뭐 드릴까요?"

"우유나 따뜻하게 줘."

"그건 메뉴에 없지만, 그렇게 해 드릴게요."

"메뉴 없으면 하나 추가해. 저 편의점 바나나맛우유처럼."

"어릴 때 어머니가 우유를 보일러 온수통에 넣어서 데워 주셨잖아요. 제가 찬 우유를 그냥 먹으면 배 아파해서. 그때 생각이 나네요."

"그랬었지. 그땐 많이 힘들었는데, 왜 자꾸 그리운지 몰라."

"힘든 일도 시간이 지나면 고통이 사라지고 추억이 된다잖아요."

어머니에게 따뜻하게 데운 우유를 머그잔에 담아 드렸다. 이것도 메뉴에 추가해야겠다. '추억의 따뜻한 흰 우유'라고.

결국 아무도 오지 않았다. 그렇지만 덕분에 어머니와 옛날 얘기하며 오붓한 시간을 보낼 수 있었다. 이렇게 어머니와 단둘이 마주 앉아 있던 게 언제였을까? 내가 기억하는 건 초등학교 5학년 때다.

그 당시 어머니는 머리에 수건을 두르고 일꾼들을 먹이기 위해 온종일 아궁이에 불을 피워 쇠솥 밥을 했다. 부엌에만 있어 어머니의 얼굴을 마주하기 힘들 정도였다. 어머니는 내 공부에 신경을 쓰긴 했지만 그건 그저 마음뿐이었다. 어머니에겐 공부시킬 힘과 시간이 없었다. 나는 바쁜 어머니의 빈틈을 이용해 공부도 안 하고 친구들과 놀기 바빴다. 5학년 때 담임 선생님은 느닷없이 쪽지 시험을 보고, 성적이 낮은 애들은 나머지 공부를 시켰다. 나는 항상 나머지 공부를 했다. 친구들도 남았기 때문에 외롭지 않았고, 함께 놀 생각에 창피해하지도 않았다. 어느 날 곱하기 쪽지 시험을 봤다. 어쩐 일인지 친구들은 통과해서 집으로 갔고, 교실엔 나 혼자만 남았다. 담임 선생님이 집중적으로 폭격하듯 곱하기 문제를 풀라고 시켰다. 선생님은 곱하기도 제대로 못하는 날 보고 한숨을 쉬더니 구구단을 외우게 했다. 나는 기죽은 목소리로 5단까지 외워 말하고, 6단은 더 작은 목소리로 간신히 말하고, 7단은 말하지도 못했다. 선생님은 화를 내며 당장 어머니 모시고 오라고 소리쳤다. 나는 집으로 가서 바쁘게 움직이는 어머니 앞에 멀거니 서 있었다. 어머니는 왜 그러냐는 듯 쳐다봤다.

"엄마, 지금 학교로 오래. 담임 선생님이."

"지금? 왜? 너 무슨 일 저질렀니?"

"나머지 공부하는데, 구구단도 못 외운다고 선생님이 화내시며 그랬어."

"그래, 알았다. 잠깐만."

어머니는 누군가에게 전화를 걸어 일을 부탁하고 나를 데리고 집을 나섰다. 어머니는 바로 학교로 가는 게 아니라 가까운 옷가게로 들어갔다. 어머니는 주로 시장에서 옷을 사 입었다. 그래서 그 옷가게는 평소 어머니가 본 척도 안 하던 곳이었다. 옷가게 앞에서 어머니가 나오길 기다렸다. 잠시 후 안에서 말다툼 소리가 들렸고, 옷가게 주인 여자가 어머니를 문밖으로 밀어내고 있었다. 어머니의 행색이 너무 초라해서 옷을 팔지 않겠다는 것이었다. 어머니는 돈 있다고 대꾸했고, 주인 여자는 당신 같은 사람에겐 옷을 팔지 않으니 그냥 가라는 것이었다. 어머니는 황당하다는 표정으로 한참 옷가게 안을 노려보다 내 손을 잡고 학교로 발걸음을 옮겼다. 결국 어머니는 집을 나설 때의 모습 그대로 담임 선생님과 대면했다. 나는 어머니 뒤에 죄인처럼 섰다. 담임 선생님은 어머니에게 "기종이가 5학년이 되도록 구구단을 못 외우는데, 그동안 뭐 하셨어요?"라며 타박을 했다. 어머니는 "죄송합니다."를 반복해서 내뱉었다. 집으로 오는 길에 어머니는 아무 말도 하지 않고 앞서 걸었다. 지고 있는 해를 마주 보고 걷던 어머니의 그림자는 길게 늘어져 내 발밑에 깔렸다. 그림자를 밟지 않으려고 애쓰며 걸었다. 어머니의 실루엣이 너무 가냘프고 헐거워서 건드리면 부서져 버릴 것만 같았다. 그땐 어머니가 내게 화가 많이 났다고 생각했는데, 지금 생각해 보니 어머니 자신에게 화가 났던 것 같다. 밤늦게 일을 마친 어머니는 나를 불러 마루에 앉혀 놓고 구구단을 외우게 시켰다. 어머니는 책받

침을 손에 들고 뒷면에 적힌 구구단을 보며 확인했다. 그때가 어머니와 마주 앉아 공부한 처음이자 마지막이었다.

그날 이후 나는 수학 공부만 했다. 초등학교만 졸업한 어머니가 미안함과 설움으로 피곤을 억누르며, 밤새 구구단을 외우게 했던 희생을 헛되게 하고 싶지 않았다. 어머니를 위해 수학을 공부했다. 중고등학교 때 수학 성적이 좋았고, 수학과로 대학을 진학해서 수학 교사가 됐다. 이젠 내가 어머니에게 수학을 가르치게 됐다.

모임 광고지를 붙인 지 한 달이 됐다. 지난번엔 어머니만 와서 이번엔 기대하지 않았다. 오늘 아무도 오지 않는다면 붙인 광고지를 떼어 버릴 작정이다. 모임 시각 10분 전에 요란한 종소리가 울렸다. 어머니가 들어왔다. 어머니는 실망하는 내 눈빛을 느꼈는지 바로 화장실로 들어갔다. 모임 시각에서 5분 정도가 지나 또 요란한 종소리가 났다. 한 남자가 들어왔고, 나는 자리에서 일어나 다가갔다. 제빵기능사 자격증을 따기 위해 다녔던 제과제빵학원 원장님이었다. 학원은 카페 앞 건물 5층에 있었다.

"안녕하세요, 원장님. 어쩐 일이세요?"

"모임에 왔어. 오늘 맞지?"

"정말요? 네, 오늘 맞아요. 원장님이 두 번째세요."

때마침 화장실에서 나오는 어머니를 원장님에게 소개했다. 두 사람은 선생님과 학부모의 관계처럼 서로 인사를 나눴다.

"원장님은 뭐 드실래요?"

"나는 따뜻한 아메리카노. 좀 연하게 해 줘."

내가 없는데도 자리에 나란히 앉은 두 분은 마치 이전부터 아는 사이인 듯 대화를 나누었다. 하긴 버스에서 옆에 앉은 낯선 사람과도 금방 얘기를 나눌 수 있는 어머니의 친화력이라면 가능했다.

"원장님 덕분에 합격했는데 커피값은 받지 않고 그냥 드릴게요. 그러니 편히 오세요."

"그러면 안 되지. 기종 씨가 잘해서 합격한 거지 뭐."

"제빵을 배운 이후에 다른 사람들에게 얘기해요. 커피값에 비하면 빵값이 너무 싸다고. 식빵 하나 만드는데도 반죽하고, 발효하고, 성형하고, 굽고 하면서 세 시간 넘게 걸리는데 커피보다 싸잖아요. 들이는 시간, 노동과 비교해 빵값이 너무 싸요. 커피 파는 저로서는 원장님께 죄송한 마음이에요."

"쓸데없는 걱정. 내가 빵을 좋아해서 만드는 거야. 빵값이 커피보다 싼 걸 왜 당신이 책임지려 해."

"그냥 제 마음이 그래요."

"그렇게 생각하는 것만도 고마워. 제빵사의 애고를 알아주다니."

30분이 지났다. 이 두 사람을 데리고 모임을 할 수 있을까? 양해를 구하고 모임을 취소해야 할까 고민하는데 종소리가 났다. 우리 세 사람은 일제히 문 쪽을 쳐다봤다. 예쁘게 차려입은 아가씨가 들어왔다. 마치 소개팅이라도 가는 듯 신경 써서 꾸몄다. 어깨 밑으로 풀어 내린 머리를 하고 꽃무늬 원피스를 입었다. 왼쪽 어깨엔 작은 가방을 메고, 하얀색 스니커즈를 신었다. 화장은 잘 모르는 내가 봐도 좀 어색했다. 손님인가?

"죄송하지만, 카페 문 닫았는데요."

"모임에 왔어요."

그녀에게 자리를 안내하며, 아는 사람인지 살폈다. 이 모임에 왔다면 손님일 확률이 높았다. 그렇다면 손님이 많지 않으니 얼굴을 알아볼 수 있을 텐데. 마스크를 쓰고 있어서 정확하게 기억나지 않았다. 그녀는 원장님 앞에 앉은 후 어머니, 원장님과 간단히 인사를 나눴다.

"뭐 드릴까요?"

"카페라테 주세요."

어디서 들어 본 목소리였다. 기분 탓인가? 어머니는 강력한 친화력을 다시 발휘해서 대화를 이어 갔다. 처음엔 어머니가 있어 불편할 거라 예상했는데 오히려 다행이란 생각이 들었다. 어머니가 없었다면 모임의 첫 만남이 어색했을 것이다. 그리고 그 어색함을 말주변 없는 내가 감당했어야 했을 것이다. 어머니의 나이가 되면 저런 친화력을 장착할 수 있을까? 카페라테를 만들어 아가씨 앞에 놓았다. 아가씨는 커피잔의 손잡이를 잡지 않고 물컵처럼 잡았다. 그 순간 그녀를 알아봤다. 쉬리다. 쉬리도 저렇게 커피잔을 잡고 마셨던 기억이 났다. 마스크를 살짝 벗고 커피를 마실 때 얼굴이 드러났는데, 오히려 쉬리라는 확신이 없어졌다. 그냥 우연인가? 화장해서 그런지, 쉬리의 얼굴을 제대로 본 적이 없어서인지 확신이 서지 않았다. 쉬리라면 카페 단골인데 선뜻 아는 척을 할 수 없었다. 아침과 다르게 꾸미고 온 이유가 있을 것이다. 스스로 자신을 밝히기 전에는 묻지 말자. 아가씨가 쉬리라고 결론 내리지 않았다. 페르마의 마지막 정리처럼 증명되지 못한 채 미확인 쉬리로 남겼다. 앤드루 와일즈처럼 누군가 증명해 주겠지.

7시가 다 되어 가자 원장님이 말했다.

"이젠 시간도 많이 지났고, 결국 우리 네 명뿐인 거 같으니 시작합시다."

나는 이 모임의 취지를 설명했다.

"우리가 수학 때문에 모였지만 공부보다도 친목을 위한 모임이라고 생각하시면 돼요. 스트레스를 받지 않고 수학을 알아보자는 거죠. 그래서 알면 아는 대로 모르면 모르는 대로 서로 얘기하시면 돼요. 우선 이 모임의 규칙을 몇 가지 말씀드릴게요. 첫 번째, 의무적으로 출석하실 필요가 없습니다. 어차피 모임 시간과 장소는 정해져 있으니 오고 싶을 때 오세요. 못 온다고 미리 연락하실 필요도 없어요. 회비가 있는 것도 아니니까요. 두 번째는……."

그때 누군가 문을 강하게 밀고 들어왔다. 안팎으로 오가는 문을 따라 매달린 종도 미친 듯이 흔들어 대며 소리를 냈다. 교복을 입은 여중생이 들어왔다. 상의는 교복인데 하의는 체육복 바지였다. 가방은 없이 한 손에 스마트폰을 들고 계속 뭔가를 보고 있었다. 눈을 화면에 고정했는데도 탁자를 잘 피해 우리 쪽으로 다가왔다. 우리는 이 난감한 상황에 이러지도 저러지도 못하고 여중생을 그냥 바라만 봤다. 여중생은 네 명의 시선을 무시한 채 여기저기 카페를 훑으며 뭔가를 급하게 찾았다.

"와파비번."

어머니는 갑작스러운 외계어에 놀라며 물었다.

"뭐라는 겨?"

외계어를 알아들은 나 자신을 신기해하며 와이파이 비밀번호가 적혀 있는 곳을 가리켰다. 여중생은 나의 컴퓨터 타자 속력보다 빠르게 두 엄지손가락으로 입력했다. 연결되는 것을 확인하고 만족했는지 잠깐 미소를 지었다. 다시 우리 쪽으로 와서 미확인 쉬리 옆의 빈 의자에 몸을 던지듯 앉았다. 네 명은 여중생을 일제히 아무 말도 없이 쳐다봤다. 여중생은 혼자인 듯 스마트폰을 보고 있었다. 나는 뭔가를 해야 한다는 생각에 인사부터 했다.

"안녕?"

대답이 없었다. 어쩌지? 친화력 최고레벨인 어머니도 당황하긴 마찬가지였다. 어머니는 친화력을 더는 발휘하지 못한 채 물었다.

"얘, 너 여기 왜 왔니?"

여중생은 고개도 들지 않고 말했다.

"엄마가 가래요."

어찌할 바를 몰라 잠깐 망설이다가 뭐 마실지 물었다. 여중생은 고개를 잠깐 들어 메뉴를 살폈다. 아래쪽에 적혀 있는 '어린이를 위한 편의점 바나나맛우유, 추억의 따뜻한 흰 우유'를 보더니 '픽' 하고 웃었다. 그러더니 "뚱바"라고 말했다. 뚱바가 뭐지? 다행히 미확인 쉬리가 알았다.

"바나나우유요. 용기가 뚱뚱하다고 해서 그렇게 부르기도 해요."

나는 냉장고에서 바나나맛우유를 꺼내 유리컵에 담아 주었다.

"와, 이 메뉴를 시키는 사람이 있긴 있네요. 저걸 누가 시킬까 하고 속으로 웃었는데."

미확인 쉬리가 신기해하며 말했다. 바나나맛우유를 마시는 여중생을 바라봤다. 그래, 어차피 모임에 방해되는 건 아니다. 여중생은 엄마를 피해 여기서 놀고, 나는 메뉴 하나 팔고 상부상조다.

"다시 말씀드릴게요. 우리 모임 첫 번째 규칙은 의무적으로 참석할 필요 없다. 두 번째는 상대의 의견을 비난하거나 부정하지 않는 겁니다. 우린 다른 거지 틀린 게 아니니까요."

"음, 그거 좋네."

원장님은 팔짱을 끼고 고개를 끄덕였다.

"마지막 세 번째는 별칭을 사용하는 겁니다. 서로 이름을 부르기 애매하고 불편하잖아요. 그래서 수학자 이름을 호칭으로 사용하는 겁니다. 어떠세요?"

"재밌겠네요."

미확인 쉬리는 새 이름을 갖는 것에 신나 보였다. 저 아가씨 쉬리가 아닌가? 아침에 공부하는 쉬리가 저렇게 밝은 표정으로 웃는 걸 본 적이 없었다. 공무원 시험공부 할 땐 세상의 모든 시름을 간직한 표정인데 그때와 너무 달랐다. 파란색 운동복에서 느낄 수 없는 꽃무늬 원피스의 힘인가?

나는 기억나는 대로 수학자의 이름을 노란색 포스트잇에 적어 탁자 위에 붙였다. 사람들은 맘에 드는 이름을 고민하며 살폈다.

"자, 이제 선택하세요. 앞으로 자신의 별칭으로 쓰일 테니 신중하게 고르세요. 나중에 바꾸기 없음."

어머니는 포스트잇에 적힌 이름들을 못마땅해했다.

"혹시 우리나라 사람은 없니? 이건 뭐, 나는 발음도 힘들어. 누가 누군지도 모르겠고."

어머니의 갑작스러운 질문에 한 명이 생각났다.

"홍정하라고 있어요. 조선의 수학자인데 《구일집》이라는 수학책을 쓰기도 했어요."

"그래, 이름도 예쁘네. 나는 그 수학자로 할게."

포스트잇에 '홍정하'라고 적어 어머니에게 드렸다.

"이젠 정하 님이라고 부를게요."

어머니는 정하라는 새 이름을 얻고 만족한 표정을 짓더니 명찰을 달 듯 왼쪽 가슴에 포스트잇을 붙였다. 원장님은 맘에 드는 이름을 뺏길까 봐 자신 앞에 '가우스'와 '데카르트'라고 적힌 두 개의 포스트잇을 놓고 고민 중이었다.

"결정 못 하시겠어요?"

"이 두 사람 들어 본 이름인데 기억이 나지 않아서. 근데 이 데카르트는 철학자 아냐?"

일찌감치 '오일러'를 고른 미확인 쉬리가 끼어들며 말했다.

"나는 생각한다. 고로 존재한다."

원장님은 그제야 기억을 찾은 듯 손뼉을 쳤다.

"아, 맞다. 그래."

"데카르트는 철학자이면서 수학자예요. 플라톤도 아카데미아라는 학교를 세우면서 정문에 '기하학을 모르는 자는 이곳에 들어오지 마라.'고 썼대요. 그땐 수학이 주로 도형을 연구하는 학문이라 기하학이라고 했거든요. 기하, 산술, 천문, 음악이 아카데미아 필수 과목이었고, 그 당시엔 철학과 수학이 지금처럼 구분되지 않았어요."

"그땐 문이과 구분이 없었네. 통합교육과정인가?"

미확인 쉬리는 혼잣말하며 웃었다. 결국 원장님은 '가우스'를 선택했다. 그렇게 고민하더니 선택한 이유는 단순했다. 데카르트는 네 글자인데 가우스는 세 글자라서. 나는 '탈레스'가 적힌 포스트잇을 떼서 어머니처럼 가슴에 붙였다. 탈레스는 평생 독신으로 살았다지. 원장님도 가슴에 포스트잇을 붙이자 미확인 쉬리도 눈치 보더니 따라 붙였다. 이젠 여중생만 남았다. 어쩌지? 나는 고민하다 여중생을 향해 말했다.

"뭐 하나 골라 봐."

여중생은 이어폰을 귀에 꽂고도 다 들리는지 눈은 화면에 고정한 채 더듬더듬 가까운 포스트잇을 찾아 집어 들었다. 그 포스트잇엔 '칸토어'라고 적혀 있었다. 여중생은 무관심하게 잔에 반쯤 남은 바나나맛우유를 한 번에 마셔 버리고 다시 스마트폰으로 들어갔다.

"자, 이렇게 각자의 이름을 정했으니 그 이름으로 부르기로 해요. 정하님, 가우스 님, 오일러 님, 칸토어 님 반갑습니다. 저는 탈레스입니다."

칸토어만 빼고 일제히 인사했다.

"이름만 정했는데도 수학을 잘할 거 같은 느낌이 드는데. 막상 정하고 나니 '가우스'가 아주 마음에 들어. 이름에 받침도 없고 깔끔하잖아. 사실 옛날부터 받침 없는 이름에 대한 로망이 있었거든."

원장님의 이름은 '김종필'이다. 학원 이름이 '김종필 제과제빵'이기 때문에 모를 수가 없다.

"저는 학교 다닐 때 가우스 싫어했어요."

미확인 쉬리가 말했다.

"가우스를 왜?"

원장님은 마치 자기를 싫어해서 기분 나쁘다는 듯이 물었다.

"가우스 님, 가우스 기호 아세요?"

"모르지."

"거 봐요. 아유, 말도 마세요. 수학 시험에 가우스 기호 나오면 그 문제는 무조건 어려운 문제예요. 저는 가우스 기호 있는 문제를 맞혀 본 적이 없어요."

"맞아요. 제가 교사로 있을 때 절댓값이나 가우스 기호 넣으면 학생들이 어려워했어요. 그래서 시험 문제에 일부러 넣기도 했었죠."

시계를 보니 어느덧 끝낼 시각이 되었다.

"오늘은 이만하고 2주 후에 만나요. 수고하셨습니다."

"벌써 이렇게 됐나? 다들 다음에 봅시다."

원장님이 인사하는 중에 여중생은 인사도 없이 나가 버렸다. 급하게 "잘 가."라고 인사했지만, 여중생이 밀친 문에서 울리는 종소리에 묻혀 버렸다. 세 사람은 떠나고 어머니는 남아서 빈 잔과 컵을 쟁반에 담았다.

"그냥 두세요. 제가 정리할게요. 잠시 앉아 계시면 뒷정리만 하고 모셔다드릴게요."

"같이 하면 빠르지. 여태 앉아 있었는데 뭘."

설거지를 마친 어머니는 뭔가를 확인하려는 듯 창밖을 내다봤다. 그러더니 짐을 챙겨 들었다.

"나 간다. 수고해."

"제가 모셔다드릴게요. 같이 가요."

"아냐, 아버지 오셨어. 데리러 온다고 해서 그냥 하는 소린 줄 알았더니 진짜 왔네."

창밖을 내다보니 아버지의 오래된 흰색 쎄라토가 비상깜빡이를 켜고 길가에 서 있었다. 여기까지 오셨으면 들어오시지. 어머니는 어느

새 차에 올라타고 있었다. 문이 닫히자 군데군데 녹슨 차는 아버지의 느린 발걸음처럼 천천히 움직였다.

소림독서실

친구 승배가 왔다. 승배는 고등학교 동창이다. 카페 오픈 기념으로 방문하겠다더니 이제야 왔다. 하긴 초등학생 아들을 둔 아빠로서, 직장인으로서 시간 내는 게 쉽지 않았을 것이다. 피곤할 텐데 퇴근해서 애써 찾아와 준 친구가 고마웠다. 승배는 볼 거 없는 카페를 왔다 갔다 하며 훑어보더니 맘에 드는 자리에 앉았다.

"기종아, 저 메뉴는 뭐냐? 여기가 무슨 매점이냐?"

승배는 메뉴를 따라 읽더니 주문했다.

"야, 바나나우유나 줘라. 커피는 회사에서 너무 많이 마셔서."

"바나나우유가 아니라 바나나맛우유야."

나는 '맛'을 강조하여 말했다.

"그게 그거지."

건물주의 손자인 상혁에게 들은 얘기를 승배에게 말했다.

"너 생각해 봐, 바나나가 무슨 색이야? 흰색이지. 바나나우유라고 하면 흰색이어야 하잖아. 그런데 노란색이잖아. 그러니 바나나맛우유인 거야. 엄연히 다르다고."

"너 퇴직하더니 심심하구나. 쓸데없는 걸 따지고."

이 반응은 뭐지? 승배는 말 나온 김에 제대로 알려 주겠다는 듯 자세를 바꿔 앉았다.

"내가 정확하게 알려 줄 게. 어디 가서 유치하게 그런 말 하지 마라. 원래 바나나가 안 들어가면 바나나우유라고 할 수 없어. 그래서 바나나맛우유라고 한 거야. 그런데 법이 개정돼서 바나나가 안 들어가면 바나나맛우유라고도 할 수 없게 된 거야. 바나나향우유라고 바꿔야 할 처지가 됐는데, 이미 사람들에게 이름과 맛이 익숙해진 거지. 그래서 1%의 바나나 과즙을 첨가해서 이름을 바나나맛우유로 유지하게 된 거야."

쓰레기통을 뒤져 바나나맛우유를 담았던 용기를 찾아 확인해 보니 정말 그랬다.

"우와 너 빙그레 직원이냐? 별걸 다 알고 있네."

"바나나우유가 우리랑 동갑인 건 아냐?"

"어? 그러네."

용기에 'Since 1974'라고 적혀 있었다. 초등학생인 상혁에게 설득당한 게 억울했다. 다음에 만나면 아는 척 좀 해서 녀석의 코를 납작하게 만들어 줘야겠다.

"우리랑 연식이 같고, 그런 숨은 이야기가 있는지 몰랐네. 하긴 회사로서는 이미 익숙해진 제품 이름을 바꾸는 게 쉽지 않았을 거야."

"그만큼 사람들 고정 관념이 무서운 거야. 한 번 박히면 잘 바뀌지 않거든. 사람도 마찬가지지 뭐. 첫인상 안 좋으면 이유도 없이 싫어하잖아. 첫인상 좋으면 무조건 믿고."

"안 그럴 때도 있어. 사실 너 첫인상 안 좋았어. 그런데 이렇게 오랫동안 친하게 지내잖아."

"내가 좀 별로긴 했어. 그건 인정."

"그래도 고등학교 때 넌 핵인싸였어. 항상 주변에 친구들이 모여 있었잖아. 거들먹거리는 네가 싫으면서도 부러웠어."

"부럽긴……. 지금은 주변에 아무도 없다."

"다들 먹고살기 바쁘니까. 그래도 회사에서 핵인싸 아냐?"

"얘가 직장 때려치우더니 감이 떨어졌네. 전쟁터에서 핵인싸가 어딨니? 그냥 핵이지. 다 피해 다닌다. 그건 그렇고 손님도 없는데 나가서 술이나 한잔하자."

카페를 찾는 지인들은 모두 '손님도 없는데……'를 빼놓지 않고 말했다. 그 말이 항상 거슬렸는데 이번엔 아니었다. 오늘따라 유난히 손님이 없어 문 닫을 핑계를 찾던 차였다. 우리는 가까운 호프집으로 갔다.

"치맥 오랜만인데. 그래, 카페는 잘되냐?"

"잘되면 문 닫고 와서 너랑 술 먹겠니?"

"요즘엔 다 어렵지. 코로나 시국이라 더……. 직장 때려치우고 그렇게 사니 좋냐?"

"아직까진 좋아. 라디오에서 그러더라. 사람은 죽을 때 더 잘할 걸 하고 후회하는 게 아니라 해 보기라도 할 걸 하고 후회한다고. 죽을 때 퇴직하고 카페 연 걸 후회하지는 않을 것 같아. 오히려 정년까지 했으면 후회하지 않았을까?"

"그거야 죽을 때 알겠지."

"우리도 이젠 반백이야. 시간 참 빨라."

“맞아, 마음은 20대 같은데. 아직도 모르는 게 많고 철이 안 들었는데.”
그러면서 승배는 더 철없던 시절 우리의 첫 만남을 회상했다.
“우리 고등학교 3년 내내 같은 반이었잖아. 1학년 땐 같은 반인데 서로 말도 안 할 정도로 모르고 지냈지.”
“네가 한 번 말 걸었어. 기억나?”
“그랬었나?”
친구가 없는 다른 지역에서의 고등학교 생활은 힘들고 외로웠다. 친구를 사귈 여유도 없고, 엄두도 못 냈다. 그저 하루하루 버텨내는 게 삶의 목표였다. 그 당시 고등학교가 있던 곳은 지금의 분당이다. 신도시 개발로 학교 뒷산을 비롯해 산들이 하나씩 없어지고 그 자리에 아파트가 올라갔다. 땅 밑에서는 지하철 공사가 진행 중이라 수업 중 폭파 소리가 들리고, 건물이 흔들리곤 했다. 야간 자율 학습 쉬는 시간이 되면 창문틀에 기댄 채 다워크레인에서 반짝이는 불빛을 보며 외로움과 피곤을 달랬다. 그때 누군가 슬그머니 와서 나란히 창틀에 기대섰다. 나처럼 창밖 풍경을 바라보며 말했다.
“너 담배 피우니?”
고개를 돌려 보니 승배였다. 승배와 처음 대화를 나눈 순간이었다.
“아니.”
대답은 했지만, 무슨 상황인지 의문스러웠다.
“그래? 담배를 안 피우면 그 돈 모아서 저런 건물을 지을 수 있다는데 너는 저런 건물 가질 수 있겠어?”
승배는 오른손 중지를 뻗어 반쯤 지어진 아파트를 가리키며 말했다. 보통 검지로 가리키지 않나? 유난히 길게 뻗어 있는 그 중지가 거북스러웠다. 승배가 검지가 아닌 중지를 사용한 이유를 나중에 알게 됐다. 어릴 때 회전하고 있는 세탁기 속 빨래를 집으려다 검지를 다쳤고, 완전히 펴지지 않는다는 것을. 어떻게 대답해야 하나 고민했지만 그럴 필요가 없었다. 승배는 대답을 자기가 정해 주겠다는 듯이 말하고 자리를 떠났다.

"없지? 그러니까 펴."

교실로 들어가는 승배의 뒷모습을 보며 이상한 놈이라고 생각했다. 될 수 있으면 피해야겠다. 그 후로 얘기하지 않았다. 2학년이 돼서 새 교실에 들어서니 승배가 앉아 있었다. 또 같은 반이 됐다. 승배는 친구들에게 둘러싸여 떠들고 있었다. 나는 애써 외면했다. 2학년도 1학년과 다를 게 없었다. 두 개의 도시락, 두 번의 버스, 11시까지의 야간 자율 학습은 계속됐다. 집에 오면 지쳐서 그냥 잠들었고, 아침에 그대로 일어나 씻고 머리도 말리지 못한 채 버스에 올랐다. 그새 학교 주변 아파트들은 많이 올라갔지만, 공사는 계속 진행 중이었다. 1학년 때보다 한 층 높은 복도에서 나무가 자라듯 올라가는 아파트를 보며 여전히 야간 자율 학습의 피곤을 달래고 있었다. 누군가 다가와 옆에 섰다. 옆을 보니 또 승배였다. 담배 얘기하려나 싶어 무시하려고 했다. 승배가 나와 같은 방향을 바라보며 말했다.

"너 공부 잘하지?"

"아니."

예상 밖의 질문에 무시하지 못하고 나도 모르게 대답했다.

"그러니까 광주에서 성남으로 왔을 거 아냐? 너 수학 잘하잖아."

"수학만 잘해."

"너 술 마시냐?"

"아니."

"너 당구 치냐?"

"아니."

"넌 무슨 재미로 사냐?"

그러게, 나는 무슨 재미로 살고 있나?

"알려 줘서 고맙다. 그만 가라. 피곤하다."

"궁금한 게 있어."

"뭔데?"

"너 1학년 때 일 년 내내 책상에 'MS'라고 쓰더라. 그건 뭐냐?"

나는 미수의 머리글자를 책상 위쪽 모퉁이에 적었다. 습관적으로 그 위에 반복해서 쓰다 보니 1학년이 끝날 즘엔 나무로 만든 책상이 파였다. 그녀의 이름을 감히 말하거나 적을 수 없었다. 그녀의 이름을 자꾸 사용하면 한정된 기억이 조금씩 소멸하여 사라져 버릴 거 같았다. 그래서 머리글자 MS로 대신했다.

"아마 지금 같았으면 그게 누구의 이름이 아니라 마이크로소프트라고 생각했을 거야."

승배는 맥주잔에 남은 술을 다 마시더니 "오백 두 잔이요."라고 주문했다.

"운명인지 우연인지 모르겠는데, 내가 수학과 갔잖아. 근데 학번이 MS9354029더라고."

"우리가 고등학교 3년 내내 같은 반이었던 것도 운명인지 우연인지 모르겠다만, 이렇게 오랜 친구로 지내려고 그랬나 봐."

"전생에 무슨 인연이 있을지도."

"설마 부부는 아니었겠지?"

"미친놈."

오랜만에 친구를 만나니 그동안 쌓였던 긴장이 풀렸다.

승배는 어느 순간부터 내가 눈에 띄었다고 했다. 기둥 뒤에 숨듯 앉아서 책상 위 같은 자리에 MS를 볼펜으로 쓰고 있는 모습이 이상하면서도 호기심이 생기게 했다고 한다. 승배는 자기를 비롯한 주변 친구들은 술도 마시고, 담배도 피우고, 그 당시 청소년 출입 금지였던 당구장도 가고, 수시로 욕하는 데 반해 그러지 않는 나를 궁금해했다. 그래서 1학년 때 말을 걸었는데 자기를 피하는 것 같아 다시는 말을 걸지 않았고, 2학년 때 같은 반이 돼서 이게 운명이려니 생각하고 친해지려 했다고 한다. 승배와 나는 서로를 이상하게 생각해서 친구가 됐다.

아파트가 올라가는 속도만큼이나 나와 승배는 빠르게 친해졌다. 도시락도 함께 먹고 야간 자율 학습 시간에 수학 공부도 함께 했다. 독서실을 소개해 준 사람도 승배였다. 장거리 통학으로 힘들어하던 내게 승배는 독서실을 추천했다.

"내가 다니는 독서실이 있는데 주중에 거기서 생활하는 게 어때? 잠도 잘 수 있고, 위치도 학교 근처라서 좋아. 세탁기가 있어서 빨래도 할 수 있어. 밥이 문젠데……. 저녁은 나랑 매점에서 사 먹고. 점심은…… 너는 가게에서 김이나 참치캔 같은 거 사 와. 밥은 내가 좀 더 싸 올게."

"좋은 생각이긴 한데. 부모님께 여쭤보고."

그렇게 야간 자율 학습 쉬는 시간에 얘기를 나누고 있는데 갑자기 학교 불이 모두 꺼졌다. 애들은 '와!' 소리를 질러댔고, 몇몇은 가방을 챙겨 땡땡이칠 기회라며 급히 나갔다. 승배도 가자고 했지만, 나는 기다리자고 했다. 한참이 지나도 전기가 들어오지 않자 선생님이 돌아다니며 가방 싸서 가라고 외쳤다. 다음 날 소문에 의하면 야자를 하기 싫은 누군가 전기를 끊었다는 것이다. 애들은 누군지 모르지만, 독립투사라며 칭송했다. 결국 범인은 잡히지 않았다. 그 독립투사 덕분에 오랜만에 일찍 귀가할 수 있었다. 기분 좋게 집으로 들어가는데 분위기가 어수선했다. 나는 마당에 뚜껑이 열린 채 내팽개쳐져 있는 밥솥 앞에 멈춰 섰다. 밥솥 안의 따뜻했던 흰쌀밥들이 터져 나와 여기저기 붙어 있었다. 삼촌은 아버지를 향해 왜 자기를 무시하냐고 욕을 하며 소리 지르고 있었고, 아버지는 지겨운 연례행사를 치르는 표정으로 앉아 듣고만 있었다. 어머니는 삼촌의 몸을 밀치며 그만 가라고 울부짖었다. 늦은 식사 중이었던지 상은 엎어지고 반찬들은 깨진 그릇 옆에 어수선하게 모여 있었다. 어머니는 나와 눈이 마주쳤고, 아버지도 삼촌도 나를 발견했다. 삼촌은 할 만큼 했다는 듯 내게 "개새끼!"라고 욕하며 나가버렸다. 삼촌은 술에 취하면 우리 집에 와서 이렇게 한바탕하고 갔다. 항상 그런 건 아니고 대체로 돈이 필요할 때다. 돈을 한 번도 벌어 보지 않은 삼촌은 무엇에 쓸지 모를 돈을 달라고 했을 것이고, 아버지는 줄 돈 없다고 했을 것이다. 그럴 때면 술 취해서 자기를 무시한다고 세간들을 던져 가며 주정을 했다.

삼촌은 내 식성도 바꾸었다. 초등학교 4학년일 때 아버지가 토끼 한 마리를 집으로 가져왔다. 먹이도 챙기고 동그란 똥도 치워 주며 정성껏 키웠다. 흰 토끼는 날이 갈수록 살이 올랐다. 하루는 학교가 끝나고 와서 보니 작은 우리에 있던 토끼가 없었다. 온 집 안을 뒤져 찾았다. 어머니는 그런 나를 보고도 아무 말 하지 않았다. 결국 뒤뜰에서 발견했다. 살아 있는 토끼가 아니었다. 빨갛게 벗겨진 토끼 가죽이 나무에 매달려 있었다. 그 자리에 주저앉아 울었다. 토끼는 애초에 그럴 운명이었다. 그러나 내가 애정을 가지고 키우는 걸 본 부모님은 그냥 뒀다. 그런 토끼를 삼촌이 죽인 것이다. 술안주로 쓰였을 토끼를 생각하니 화가 나고, 주정뱅이가 너무 미웠다. 그 후 나는 고기를 못 먹게 됐다. 어떤 고기든 기름 냄새를 맡으면 구역질했다. 결핵 치료를 위해 어쩔 수 없이 고기를 먹게 될 때까지 그 증상은 이어졌다.

아버지는 깊은 한숨을 내쉬며 방 안으로 들어갔다. 나와 어머니는 벽과 창문에 애처롭게 붙어 있는 밥풀들을 하나씩 떼어 냈다. 내일 도시락이 됐을 밥이었다. 어머니는 내일 아침 더 일찍 일어나시겠구나. 어머니는 깨진 그릇과 흩어진 반찬을 치우며 말했다.

"오늘 웬일로 일찍 왔네. 밥은 먹었니?"

"도시락 먹었어요."

어머니는 이 상황을 일상으로 돌려놓았다.

"저 학교 근처 독서실에서 생활하고 싶어요."

어머니는 잠깐 고민하더니 체념하며 허락했다.

"그래, 그래라. 그게 좋겠다. 독서실은 얼마니?"

"아직 몰라요. 내일 가서 알아보고 말씀드릴게요."

"그래."

그렇게 짧은 대답을 남기고 어머니는 부엌으로 들어갔다. 어머니는 부뚜막에 걸터앉아 한동안 속으로 울었을 것이다.

다음 날 승배가 알려 준 독서실로 갔다. 학교에서 10분 거리에 있는 오래된 건물의 2층에 독서실이 있었다. 승배가 웃으며 이름이 '소림독서실'이니 잘 찾아보라던 이유를 앞에 도착해서 알게 됐다. 송림이었는데 받침 'ㅇ'이 떨어져 멀리서 '소림'으로 보였다. 인적도 드물고 좁은 골목을 지나니 가파른 계단이 기다리고 있었다. 미지의 세계로 들어가듯 긴장하며 계단을 천천히 올랐다. 독서실 문을 열고 들어가니 사무실의 조그만 창문이 열리고 한 남자가 인사를 건넸다.

"어서 와라."

"안녕하세요. 독서실 이용하려고요."

"이리로 들어와."

신발을 벗고 옆의 문을 통해 좁은 사무실로 들어갔다. 두 명이 마주 보고 앉으면 딱 맞을 정도의 크기였다. 남자는 날 보지도 않고 볼펜을 찾고 있었다. 볼펜을 사용한 지 오래됐는지 서랍을 뒤지고 서류를 흔들어 털며 찾았다. 남자의 머리를 삭발해서 짧았고, 오른손에 흉터가 깊게 있었다. 소림독서실이 맞군. 남자는 볼펜 찾기를 포기했는지 나를 향해 앉았다. 남자는 얼마나 이용할 거냐 물었고, 한 달이라고 대답하자 이용료를 말해 주었다. 사실 독서실에 올 때부터 돈을 낼 생각이 없었다. 잡일이라도 할 테니 공짜로 이용하게 해 달라고 우길 생각이었다. 어머니는 매달 독서실비를 준비하느라 빠듯한 살림에서 조금씩 돈을 아끼고 쪼갤 것이다. 안 된다고 하면 어쩔 수 없다. 그냥 나오면 그만이다. 다른 독서실이 있을 것이고, 모두 안 된다면 다시 버스를 두 번 타고 등하교를 하면 된다. 지금 생각하면 그때 무슨 용기가 생겨서 그랬는지 모르겠으나 아마도 절박했던 마음이었을 것이다.

"저, 죄송하지만 그냥 이용할 방법이 없을까요?"

남자는 황당해하며 날 위아래로 훑어봤다.

"너 요 옆에 학교 다니냐? 몇 학년이냐?"

"2학년이요."

"너 그러면 이민주 선생님 알아?"

"네. 담임 선생님이신데요."

남자의 표정이 한층 가벼워졌다.

"그래? 선생님은 잘 계시지? 아, 뵙고 싶은데 졸업하고 한 번을 못 가봤네."

"우리 학교 나오셨어요?"

"그래, 나도 거기 다녔지. 민주 쌤이 고3 담임이셨어. 키는 작아도 덩치 큰 남자애들이 꼼짝을 못했지. 매일 영어단어시험 보고 맞았어도 그때가 그립다."

"지금도 그러세요."

"여전하시구나. 나를 기억은 하실까?"

"제가 나중에 선배님 이름 말씀드려 볼까요?"

그새 남자를 '선배님'으로 부르며 상황을 좋게 만들려고 애썼다. 그러나 과거를 회상하며 웃고 있던 선배는 다시 진지한 표정을 지었다.

"아냐, 됐어. 그러다 모르겠다고 하시면 쪽팔려. 근데 돈이 없냐?"

"없다기보다……."

"새끼, 자존심은. 그냥 없다고 해. 돈은 있다가도 없고 없다가도 있는 거지 뭐. 그래 좋아. 오늘부터 여기서 지내라. 그 대신 세상에 공짜 없는 거 알지? 매일 아침 각 방 청소하고, 저녁엔 화장실 청소해라."

"네, 고맙습니다. 선배님."

생각보다 일이 쉽게 풀렸다. 선배에게 90도 각도로 허리를 굽혀 인사했다. 선배는 흉터가 깊은 오른손을 내밀어 악수를 청했고, 나는 두 손으로 그 손을 잡았다.

"내 이름은 주호야. 이주호. 넌?"

"전 안기종입니다."

주호 선배는 독서실 안내를 해 줬다. 독서실은 세 개의 방으로 구분되어 성인, 남학생, 여학생으로 문패가 붙어 있었다. 선배는 나를 남학생 방으로 데려가서 안쪽 구석에 있는 자리를 배정해 주었다.

"이 자리를 써. 사람들이 다니지 않는 곳이니까 잠자고 개인적인 일하기 좋을 거야."

그렇게 독서실 생활은 시작됐다. 오전 6시가 되면 닐 세다카의 〈You Mean Everything To Me〉가 각 방의 스피커를 통해 귀가 아플 정도로 울려 퍼졌다. 처음 며칠은 그 소리에 놀라 잠에서 깼으나 적응되니 노래를 흥얼거리며 일어나게 됐다. 매일 듣는 노래가 지겨워 선배에게 바꾸면 안 되냐고 물었더니, 단호하게 "안 돼."라고 했다. 어느 날 술 취한 선배는 첫사랑과 함께 좋아해서 듣던 노래이고, 멀리 떠난 첫사랑을 잊지 않기 위해 매일 듣는다고 공부하던 내게 뜬금없이 알려 줬다. 일 년 후 독서실을 나올 때까지 그 노래는 아침마다 울려 퍼졌다. 매일 아침 반복적으로 재생되는 노래에 맞춰 빗자루로 방바닥을 쓸고, 책상 위에 버려진 쓰레기를 치우고, 손걸레로 책상과 의자를 닦았다.

독서실에서 지내며 몸과 마음이 여유로워졌다. 옆구리 터진 김밥처럼 사람으로 가득한 버스를 타지 않아도 되고, 조금만 걸으면 편히 쉴

수 있었다. 무엇보다 갑작스럽게 삼촌이 찾아와 주정할까 봐 조마조마하며 불안해하지 않아도 돼서 좋았다. 야간 자율 학습을 마치고 오니 주호 선배가 사무실에서 TV를 보고 있었다. 문을 열고 인사하자 선배는 윙크를 날렸다. 싫은 티를 냈지만, 마음은 그렇지 않았다. 신기하게도 선배의 그런 행동은 피곤을 풀어줬다. 가방을 내려놓고 책상 위에 달린 등을 켜니 포장된 선물이 놓여 있었다. 누구지? 포장지를 조심히 뜯으니 일기장이었다. 그리고 편지 한 장이 사이에 끼어 있었다. 승배였다. 승배는 볼펜을 잘 쓰지 않는다. 노트 필기도, 수학 문제 풀이도, 영어 단어 깜지도 주로 샤프를 사용했다. 그 이유가 궁금해서 물어봤더니 "내 노트 빌려 달라는 애들이 얄미워서 복사 잘 안되라고." 했다. 그 이유가 재밌어 웃었지만, 승배는 진지했다. 둥글둥글한 글씨체만 봐도 승배가 쓴 것을 알 수 있었으나 맨 밑에 이름을 잘 적어 놨다.

성남에 입성한 걸 축하한다. 촌놈에서 도시인으로 거듭나시길.
이젠 멀쩡한 학교 책상에 이름 새기지 말고 이 일기장에 새겨라.
그러다 보면 그녀를 만날 수 있겠지. 내일 학교에서 보자. 잘 자.
승배.

야간 자율 학습을 땡땡이치더니 결국 이거였군. 씻고 들어와 일기장을 폈다. 새 종이 냄새와 반들반들한 느낌이 좋았다. 첫 페이지를 펴고 날짜와 요일을 적었다. 그리고 딱 한 줄만 적었다.

승배에게 이 일기장을 선물로 받다.

편지는 일기장 중간에 꽂았다. 매일 일기를 썼다. 독서실이 조용히 공부하는 곳이라 남는 시간에 할 수 있는 일이라곤 자거나 책을 읽거나 뭔가를 쓰는 것뿐이었다. 일기장에 입시에 대한 부담감, 미래에 대한 고민, 부모님에 대한 걱정들에 관해서 적었지만, 대부분 그녀에 대한 그리움으로 채워졌다. 그리움을 해결하기엔 일기장의 여백은 너무 부족했다. 그래서 문제집의 여백도 그냥 두질 않았다. 야간 자율 학습 시간에 수학 문제집의 좁은 여백에 MS를 쓰고 있는 모습을 본 승배가 말했다.

"야, 너도 대단하다. 그럴 거면 그냥 편지를 써. 주소 몰라?"

맞다. 그녀의 집 주소가 있었지! 왜 그동안 편지 쓸 생각을 못 했을까?

"승배야, 나 지금 가야겠어."

"뭐, 갑자기? 지금 땡땡이치겠다고? 이따 쉬는 시간에 가."

"그때 가면 문방구 문 닫잖아. 지금 가야 편지지 사지."

"꼭 지금 써야겠냐? 나중에 쓰면 안 되냐? 뭐 그리 급해."

승배는 교실 뒷문으로 가서 복도를 살짝 엿봤다. 매독이 의자에 앉아 신문을 보며 감독 중이었다. 우리는 화학 선생님이 화가 나면 미친개가 된다고 해서 영어로 'Mad Dog', 그걸 줄여 '매독'이라고 불렀다. 며칠 전 화학 수업 시간에 소문으로만 듣던 그 진상을 바로 앞에서 목격했다. 화학 선생님은 열정적으로 잘 가르쳐서 학원 다닐 필요도 없이 수업만으로 시험 준비가 충분했다. 그러나 그런 이유만으로 수업을 잘 듣는 건 아니었다. 일 년에 한 번은 꼭 미친개로 변한다는 전설 때문에 수업에 집중할 수밖에 없었다. 결국 우리 반에서 그 희생양이 나왔다. 선생님은 열정적으로 판서하며 수업했고, 우리는 식곤증으로 무거워진 눈꺼풀을 애써 올리며 수업이 끝나길 기다리고 있었다. 그때 내 앞에 앉은 놈이 갑자기 손을 들었다. 우린 그놈을 쳐다봤다. 어, 이건 뭐지? 수업 시간이 얼마 남지 않았는데, 지금 질문하면 쉬는 시간까지 설명하실 텐데. 아, 저 눈치 없는 놈. 선생님은 평소 질문하는 학생이 없어서인지 반가워하며 질문에 답했다. 화학 선생님은 친절을 넘어 너무 자세하게 설명했다. 수업 종료종이 울렸고, 선생님은 종소리를 무시한 채 설명을 이어 갔다. 다른 반 애들이 복도를 지나다니며 떠들어서 선생님의 목소리는 더 커졌다. 우리는 너무도 짧은 10분의 소중한 시간을 지키지 못해 안절부절못했다. 우리가 이 갈고 있는 걸 느꼈는지 그놈이 실언을 내뱉었다.

"선생님, 됐습니다."

그러지 말아야 했다. 다음 수업이 시작되길 기다려야 했다. 그냥 친구들에게 욕을 먹고 미안해하면 될 거였다. 그러나 이미 일은 벌어졌다. 그놈만을 바라보고 열심히 판서하며 설명하시던 화학 선생님은 갑자기 동작을 멈췄다. 그 순간 우린 얼어 버렸고, 전설의 미친개로 변하는 과정을 눈앞에서 실황으로 볼 수 있었다. 선생님은 천천히 분필을 내려놓고 그놈 옆으로 다가갔다. 그놈 바로 뒤에 앉은 나는 숨이 멎는 줄 알았다. 그제야 심상치 않은 분위기를 눈치챈 그놈은 "선생님, 죄송합니다."를 연이어 말했지만 이미 늦었다. 선생님은 그놈의 머리채를 잡고 앞으로 끌고 나가 구석으로 팽개치더니 두 손과 두 발로 때렸다. 우리 중 누구도 말릴 엄두를 못 냈다. 죽을 수도 있겠다고 생각했는지 그놈은 재빠르게 앞문을 통해 교실 밖으로 빠져나갔다. 다행이다. 그러나 선생님은 바로 따라가서 그놈을 잡아 계속 때렸다. 누군가 불러 온 다른 선생님이 말리고 나서야 끝났다. 지금은 상상도 못 할 일이지만, 그놈은 어머니를 동행해서 선생님에게 사과했다. 그런 일을 겪은 후에 우리는 절대로 질문하지 않게 됐다. 그랬던 화학 선생님이 감독 중이었다.

"야, 오늘 매독이야."

"하필."

"너 꼭 지금 가야겠냐?"

"응. 꼭 지금 가고 싶어. 아니, 가야 해."

승배는 내게 갈 준비하라고 말하고 화학책을 꺼내 들었다. 그러더니 교실을 나가 선생님에게 질문을 했다. 승배는 선생님이 질문 내용을 살피고 설명하는 동안 빨리 가라고 등 뒤로 손짓을 보냈고, 나는 맨발로 소리 나지 않게 계단 쪽으로 탈출했다.

매주 편지를 썼다. 과연 이 편지가 전해질까 하는 의심이 들었지만 다른 방법이 없었다. 그녀는 수원에 있는 고등학교에 다니니 광주에서 통학은 할 수 없을 것이다. 그렇다면 그곳에서 살고 있으리라. 자취하든, 하숙하든. 알고 있는 것은 그녀의 집 주소와 집 전화번호다. 인연이 있다면 편지가 그녀에게 닿을 것이다. 그렇게 편지를 보낸 지 오래됐지만, 답장은 없었다. 혹시 주소가 틀린 것은 아닐까? 전화라도 한번 해 볼까? 여러 생각이 들었다. 그녀가 편지를 받고 부담스러워할 수도 있다. 잘 알지 못하는 사람에게 편지를 받는다는 건 때에 따라 기분 좋을 수도, 기분 나쁠 수도 있다. 밤이 깊으면 그리움이 심해져서 자정 넘어 편지를 썼다. 일주일 동안 있었던 사소한 일들, 그 일들 속에서 그녀를 얼마나 그리워하고 보고 싶었는지를 썼다. 처음엔 몇 번째 편지인지 기억했으나 어느 때부터 모르게 됐다. 일기장에 일상을 기록하고, 편지로 그녀와 공유하고 싶었다. 그런 나를 보고 주호 선배가 답답했던지 한마디 했다.

“기종아, 오늘도 편지 썼냐?”

“네.”

“답장은 오냐?”

“아뇨. 아직.”

“아직이라고? 영영 안 올지도.”

선배는 그렇게 말하고 뭐가 재밌는지 혼자 배를 잡고 한바탕 웃어댔다.

“얼마나 대단한 여자길래 우리 기종이가 이토록 푹 빠졌을까?”

“첫사랑이요.”

“그러면 당연히 그럴 만하지. 여자는 끝 사랑이고 남자는 첫사랑이니까.”

“정말요?”

“너는 아직 어려서 몰라. 나도 지금까지 많은 여잘 만났지만, 첫사랑은 잊히지 않더라. 매일 아침 생각하지. 희한하게도 여자친구가 있는데도 첫사랑은 어떻게 살고 있을까 궁금하더라고.”

“선배, 첫사랑이 멀리 떠났다면서요. 그게 죽었다는 뜻이 아니었어요?”

“죽긴 왜 죽어. 시집가서 부산에서 잘 살아. 부산 멀잖아.”

“에이, 정말. 그런 줄도 모르고 아침에 음악 들을 때마다 괜히 마음 아파했네.”

“야, 인마. 나는 마음 아파.”

"근데 첫사랑을 그리워하면 지금 여자친구가 기분 나빠하지 않아요?"

"너 바보냐? 여자친구가 모르게 해야지. 혹시 여자친구가 첫사랑이 누구였냐고 물어보면 절대로 말해선 안 돼. 무조건 네가 첫사랑이라고 우겨야 해."

호기심 가득한 얼굴로 경청하자 선배는 신이 나서 자신의 연애 비법을 풀어냈다.

"너 연애 시작할 때 여자들이 많이 하는 질문이 뭔지 알아?"

"저야 모르죠."

"잘 생각해 보고 대답해 봐. 물에 엄마랑 여자친구가 빠졌어. 그런데 한 명만 구할 수 있어. 너는 누굴 구할래?"

"글쎄요. 저는 엄마를……."

"그렇게 말하면 여자친구가 기분 나쁘지."

"그러면 무조건 여자친구라고 할까요?"

"그것도 답이 아냐."

"네? 그러면요?"

"그러면 안 된다는 거야. 엄마나 여자친구 중 무엇을 선택할까 고민하지 말고, 이 질문을 왜 했을까 생각해야지."

"아, 뭐 그리 어려워요. 그냥 좋아하면 되는 거 아니에요?"

"기종아, 세상에 쉬운 게 어딨냐? 사랑도 노력이 필요한 거야."

"근데 그 질문에 답이 있긴 해요?"

"그럼, 있지. 이렇게 답해야 해. 엄마를 구하고 너와 함께 물에 빠져 죽겠어."

"와, 그러면 여자친구가 기분 나쁘지 않겠네요."

"나쁘지 않은 게 아니고, 기분 좋지. 자기랑 함께 죽겠다는데."

"그렇겠네요. 신기하다. 선배는 어떻게 그런 걸 알아요?"

"내 별명이 '호르바'야."

"그게 뭔데요?"

"너《그리스인 조르바》안 읽었냐? 조르바 몰라?"

선배는 사무실 책꽂이에 유일한 책을 꺼내 들었다.

"책 좀 읽어라. 이 책 주인공이 조르바야. 나는 주호. 합쳐서 호르바. 어때, 잘 어울리지?"

"글쎄, 조르바를 잘 몰라서……."

"나중에 읽으면 내 생각날 거야. 난 호르바라는 별명이 좋아. 내가 좋아하는 사람이 지어 줬거든."

또 여자친구 얘기구나. 이미 여자친구 얘기를 지겹게 들은 터라 사무실을 나가려고 돌아섰다. 선배는 진지한 어투로 뒤에서 말했다.

"너 첫사랑에 대해 너무 환상 갖지 마라. 뭐든지 집착하는 건 안 좋아."

"자꾸 생각나고, 보고 싶은 마음을 주체할 수 없어요. 편지라도 쓰지 않으면 머릿속이 복잡해서 공부도 할 수 없어요."

"너도 네 첫사랑도 곧 있으면 고3이야. 중요한 시간을 잘못 보내서 나처럼 되지 말고."

"에이, 선배가 어때서요."

"지금 내 모습이 보기 좋고 부러우냐?"

"뭐, 그렇게 자학할 거까지야."

선배의 충고에도 불구하고 계속 편지를 썼다. 고등학교 2학년이 끝나고 겨울 방학을 맞이했지만, 집으로 가지 않았다. 겨울 방학 동안에도 독서실에 머물며 일주일에 한 번씩 집에 갔다 왔다. 집에 가면 부모님은 티가 나지 않게 해 놓았지만, 깨지고 긁힌 흔적으로 삼촌의 방문을 알 수 있었다. 옷가지와 필요한 물건을 챙겨 집을 나설 때면 먼 길을 가는 사람인 양 어머니는 "밥 잘 챙겨 먹어."라고 말하며 용돈을 손에 쥐여 줬다. 쓰지 않고 모은 돈이 있었지만, 그 용돈을 받았다. 그래야만 어머니의 걱정이 덜어질 것 같았다. 겨울이 지나 학력고사를 치르게 될 3학년이 되었다.

나누고파

손님 없는 오후, 점심으로 사발면을 먹기 위해 물을 끓인다. 교직에 있을 때 야근하면 밥 먹을 시간이 없었다. 빈 교무실에서 사발면을 먹고 밀린 업무를 처리했다. 나만 일이 많은 건지, 능력이 부족해서 근무 시간 안에 일을 못 하는 건지 알 수 없었다. 노트북 화면을 들여다보고 사발면을 먹으며 나 자신에게 질문했다. 일 년 동안 버는 돈이 얼마인데, 왜 밥도 제대로 못 먹고 이러고 있지? 아침은 건너뛰었고, 점심은 학교급식을 대충 먹었고, 저녁은 사발면이라니. 틈틈이 허기와 피곤을 달래기 위해 믹스커피만 다섯 잔 먹었다. 돈으로 환산해 봤다. 급식 4,500원, 사발면 600원, 커피는 200개 들이에 20,000원이니까 한 개에 100원꼴이다. 다섯 개를 먹었으니 500원. 사발면을 먹은 후 한 잔 더 먹을 테니 100원 추가하면 합계가 5,700원이다. 만 원도 안 되는 식비에 웃기기도 하고 슬프기도 했다. 도대체 남은 돈은 어디로 갔을까? 써보지도 못하고 없어진 돈 때문에 억울할 때면 편의점에서 네 캔 만 원짜리 맥주를 사서 집에 들어갔다. 퇴직한 지금도 사발면을 먹고 있지만, 그때만큼 슬프지 않았다. 월급 받으며 사발면으로 끼니 때울 때보다 돈이 없어 이렇게 먹는 게 더 만족스러웠다. 분자의 값이 일정할 때, 분모가 작아질수록 값이 커진다.

어느새 다 먹었다. 사발면에 끓인 물을 부어 면이 익길 기다린 시간보다 먹는 시간이 더 짧았다. 환기를 위해 창문을 열고 있는데, 네 명의 손님이 들어왔다. 맨 앞에 건물주가 앞장서고 비슷한 연배의 어르신들이 뒤따라 들어왔다. 건물주는 인사하는 나를 향해 반갑게 손을 들어 맞인사했다. 일행이 모두 자리에 앉자 건물주는 다른 사람들의 의견을 묻지도 않고 아메리카노 네 잔을 주문했다. 하긴 고를 메뉴가 있어야지. 건물주는 주문하자마자 생색을 냈다.

"이분들은 문화센터에서 함께 춤 배우시는 분들이여. 점심 먹고 커피 사겠다고 모시고 왔지."

"여사님 말대로 여기는 사람도 없고 조용하네. 다른 데는 젊은 사람들이 죄다 조용히 공부하고 메뉴도 어려워서 들어가기도 겁나는데. 주문도 못 해서 눈치 보이고, 늙은이가 분위기 흐린다고 욕할 거 같아서 말이지."

건물주 앞에 앉은 백발의 할아버지가 큰 소리로 말했다. 백발이지만 붉은색 셔츠가 멋들어졌다. 백발 할아버지의 목소리가 얼마나 큰지 카페의 음악과 글라인더 소리에 맞서 싸우는 듯했다. 이미 음악은 패배를 선언했고, 글라인더는 네 번을 도전했으나 마찬가지로 이길 수 없었다. 일부러 큰 소리를 내기보단 평소 톤이 높은 것 같았다. 네 어르신은 다방을 추억했다.

"요즘은 다방이 없어. 커피집만 가득하지. 도대체 우리같이 늙은 사람들은 어디로 가라는 거야? 뭐 지들은 안 늙나? 그러니 늙은이들이 공원에서 비둘기 떼랑 함께 모여 있지."

"그러게요. 술 먹은 다음 날 다방에 가서 계란 동동 띄운 쌍화차 한 잔 마시면 해장도 되고 아주 별미였는데."

백발 할아버지 옆에 앉은 할아버지는 중절모를 썼다. 옆에 앉은 백발 할아버지와 다르게 낮은 목소리로 차분하게 말했다. 신기하게도 큰 소리로 말하는 백발 할아버지보다 중절모 할아버지의 말이 더 귀에 잘 들어왔다.

건물주 옆에 앉은 할머니가 들으라는 듯이 메뉴판을 가리키며 말했다.

"여기 메뉴에 쌍화차 추가하면 좋겠네. 계란 동동 띄워서 말이야. 저기 바나나맛우유도 팔고, 우유도 파는데 밑에 하나 추가하면 되겠네."

건물주는 손뼉까지 쳐 가며 장단을 맞췄다.

"맞아, 맞아. 저 바나나맛우유도 우리 손자 덕분에 추가한 거라니까. 어린이 메뉴가 있으면 노인 메뉴도 있어야 하는 거 아냐?"

내게 일제히 시선과 말들이 쏟아졌다. 심지어 백발 할아버지는 믹스커피도 함께 팔라며 흥이 났다. 건물주는 이 토의의 결론을 내리듯 말했다.

"그래, 잘 생각해 봐. 쌍화차는 마트에서 봉지 가루로 팔더구먼. 거기에 잣이나 대추, 호두 좀 넣어 주고 계란 하나 넣어 주면 되겠네. 믹스커피는 물만 부어 주면 되고. 어때? 그 메뉴 만들어 주면 우리 항상 여기로 올게."

마땅치 않은 표정으로 생각해 보겠다고 대답했지만, 내심 바나나맛우유나 따뜻하게 데운 우유보다 더 잘 팔릴 것 같은 느낌이 들었다. 건물주의 의견에 넘어간 게 웃기기도 했지만, 이것저것 가릴 처지가 아니었다. 다음 날 메뉴에 '어르신을 위한 달걀 동동 띄운 쌍화차', '그냥 믹스커피'를 추가했다.

모임 두 번째 날. 어머니는 항상 그렇듯 잰걸음으로 30분 전에 왔고, 원장님과 미확인 쉬리도 6시 정각에 맞춰 도착했다. 여중생은 아직이다. 사람들이 말하지 않지만, 여중생이 차라리 안 왔으면 하는 바람인 것 같았다. 미확인 쉬리는 오늘도 예쁘게 차려입고 화장했다. 커피를 마실 때 마스크를 살짝 내린 모습을 보니 입술이 붉었다. 마스크 때문에 보이지 않아도 완벽한 모습을 갖추고 싶었던 모양이다. 그녀의 성격이 보였다.

"6시가 넘었으니 시작해요. 정하 님, 가우스 님, 오일러 님 그동안 잘 지내셨나요?"

"네, 탈레스 님도 잘 지내셨나요?"

원장님이 빠르게 대답하며 다른 사람들에게도 인사를 건넸다.

"오늘은 수학자 가우스에 관해 얘기하겠습니다. 더불어 우리 가우스 님의 얘기도 들어 보고요."

"내가 아는 게 있어야 얘기를 하지."

"수학이 아니라 그냥 사는 얘기요."

나는 수학자 가우스에 대해 간단히 설명했다.

"저는 수학사에서 가장 돋보이는 인물이 가우스라고 생각합니다. 분야마다 천재가 있지만, 수학의 천재는 가우스인 거 같습니다."

"오, 대단한 사람이구먼……."

어머니가 진지한 말투로 뭔가 말하려 할 때 여중생이 요란하게 문을 밀치며 들어왔다. 여중생의 마음을 대변하듯 문에 달린 종은 난리 치며 울려댔다. 여중생의 얼굴을 보니 뭔 일이 있는 표정이었다. 이 모임에 오기 싫었는데 엄마가 강요해서 마지못해 왔군. 여중생은 빈자리에 몸을 옆으로 기대고 앉았다. 스마트폰을 주머니에서 꺼내며 영상을 틀고 이어폰을 귀에 꽂았다. 여중생은 영상이 재생되자 "뚱바." 라고 말했다. 사람들은 "안녕." 하고 의미 없는 인사를 했다. 여중생은 살짝 고개를 꾸벅했는데, 그게 인사한 건지 그냥 목을 움직인 건지 알 수 없었다. 바나나맛우유를 주면서 여중생의 스마트폰을 살짝 봤더니 캠핑 영상이었다. 한 여자가 화로 위에 그릴을 올려놓고 삼겹살을 구우며 떠들고 있었다. 여중생의 스마트폰에는 노란색 카라비너가 달려 있었다. 달고 다니기 거추장스러워 보이는데, 캠핑을 좋아해서 그런 것 같았다.

"자, 이어서 할게요. 가우스는 18세기 독일 수학자인데, 수학사에서 가장 많이 언급되는 수학자입니다."

"그 천재 수학자 때문에 정작 우린 괴로웠죠."

미확인 쉬리가 인상을 찡그리며 말하고, 기억을 회상하기 위해 시간이 필요한 듯 우유 거품이 사라진 카페라테를 한 모금 마셨다.

"중학교 땐 피타고라스가 그렇게 괴롭히더니 고등학교 땐 가우스가 그랬죠. 수업 중 혼잣말로 이놈의 가우스 죽여 버리고 싶다 했더니 옆에서 듣고 있던 선생님이 '응, 이미 죽었어.'라고 했던 기억이 나요."

여중생을 뺀 나머지 사람들은 웃었다. 나는 가우스의 일화를 하나 소개했다.

"혹시 1부터 100까지 더하면 얼마일까요?"

미확인 쉬리가 바로 대답했다.

"5050이요."

나는 빠른 답변에 놀라며 미확인 쉬리를 쳐다봤다.

"맞아요. 오일러 님은 학생 때 수학 잘했나 봐요?"

"아뇨. 그냥 외우고 있어요. 다른 것도 말해 볼까요? 2의 10제곱은 1024, 원주율 π는 약 3.14, 무리수 $\sqrt{2}$는 약 1.414, 11의 제곱은 121. 뭐, 그 정도."

미확인 쉬리는 죽었던 수학의 뇌세포가 살아난 듯 외우고 있던 것을 줄줄이 뱉어냈다. 도대체 미확인 쉬리의 정체는 뭘까? 맞은편에 앉은 원장님은 짧은 순간에 뭐가 지나갔나 하는 표정으로 커피 한 모금 마시고 손뼉을 쳤다. 나도, 어머니도 원장님을 따라 손뼉을 쳤다. 미확인 쉬리는 자기가 좀 지나쳤다는 생각이 들었는지 부끄러워했다.

"죄송해요. 요즘 말할 기회가 없어서 너무 수다를 떨었네요."

"아니, 보기 좋네. 뭔소리인지 모르겠지만, 말할 때 표정이 너무 행복해 보여서 나도 기분 좋았어요."

어머니는 미확인 쉬리를 위로하듯 말했다. 나는 다시 가우스 얘기를 했다.

"가우스가 열 살쯤이었을 때, 선생님이 1부터 100까지의 합을 구하라고 했어요. 학생들이 1부터 더해 나갈 동안 가우스는 다른 방법으로 금방 답을 구했죠. 가우스가 계산한 그 방법을 지금 고등학생들이 배우고 있어요."

"와, 진짜 천재네. 열 살에 뭐 했는지 기억도 안 나는데."

어릴 적을 회상하던 원장님에게 질문했다.

"가우스 님은 학교 다닐 때 수학 잘하셨어요? 제빵 필기시험 공부하다 보니 온도, 중량, 부피, 열량 계산하는 문제도 많던데. 반죽이나 발효 시간을 딱 보고 아시는 것도 신기해요. 저는 시계나 온도계를 봐야 알겠던데."

"그거야 빵을 30년 가까이 만들다 보면 저절로 그렇게 돼. 수학을 못해도 그 정도는 계산하지."

"수학을 전공한 저도 필기를 세 번 봐서 간신히 합격했는걸요. 쉽지 않더라고요."

"내가 수학 머리가 있긴 한 거 같아. 공부를 안 해서 그렇지."

"수학을 못한 게 아니라 안 한 거라는 말씀인가요?"

어머니는 딴청을 피우며 말했다.

"누군 결혼을 못 한 게 아니라 안 한 거라 말하고 다니잖아."

다들 날 쳐다봤다.

"저는 안 한 거 맞아요. 가우스 님도 안 한 거 맞아요?"

원장님은 얘기할지 말지를 고민하다가 결심이 선 듯 말했다.

"안 한 거 맞다니까. 아, 이런……. 누구에게도 하지 않은 얘기를 여기서 하게 될 줄이야."

궁금증이 커진 미확인 쉬리는 못 견디겠다는 듯 질문을 했다.

"뭔데요? 우리가 들어 줄게요. 비밀로 해 줄 테니 얘기해 봐요."

"세상에 비밀이 뭐가 있겠어. 그냥 모른 척 숨기며 사는 거지. 가우스 님, 하기 싫으면 애써 하지 않아도 돼요."

어머니는 원장님을 재촉하지 않았다. 나도 궁금했지만, 어머니 말에 따를 수밖에 없었다. 원장님은 어머니의 말에 용기가 생긴 건지 얘기를 시작했다.

“사실 좋은 기억은 아니에요. 굳이 제목을 붙이자면 수포자가 된 사연이랄까? 그보단 수학을 끊었다고 표현하는 게 정확하겠네요.”

“술, 담배도 아니고 수학을 끊어요?”

미확인 쉬리는 질문으로 얘기를 재촉했다. 원장님은 긴 얘기를 정리하기 위해서 천천히 말했다.

“내가 어릴 적부터 그리기, 만들기를 좋아했어요. 학교 다닐 때 항상 미술 실기는 만점을 받고, 대회에 나가 상도 많이 받았어요.”

“지금 하시는 제과제빵과 잘 맞네요.”

나는 이렇게 말하고 말을 끊은 것 같아 후회했다.

“뭐, 그럴 수도 있겠지. 무관하다곤 할 수 없을 테니.”

원장님은 커피를 한 모금 마시고 말을 이었다.

“지금 생각해도 이상한 게 중학교로 올라가니까 수학을 잘하더라고요. 마치 자고 일어났는데 초능력이 생긴 것처럼. 아마도 수학에 도형이 나오기 시작하면서 그랬던 거 같아요.”

“그럴 수 있다고 생각해요. 보통 사람들은 도형이나 그래프에 두려움을 갖고 힘들어하는데, 가우스 님은 그림을 자주 그리다 보니 저절로 그런 것에 익숙해졌을 거예요.”

“그럴 수도 있겠네. 어쨌든 중3 때 담임이 수학 선생님이었어요. 하루는 바쁘셨는지 수업에 들어오지 않고 반장을 시켜 칠판에 수학 문제를 적게 시켰고, 우린 한 시간 내내 그 문제를 풀어서 제출해야 했죠. 도형 문제였는데 문제가 어려워 애들이 풀지 못했는데, 나만 다 푼 거예요. 그래서 모두가 내가 푼 걸 베껴서 제출했어요.”

"오, 수학 좀 하셨네요."

미확인 쉬리의 말에 원장님은 머리를 긁적였다.

"점심시간에 애들과 놀다가 교실에 들어갔는데, 반장이 선생님에게 혼나고 있었어요. 무슨 일인가 들어 봤더니, 반장이 문제집에서 동그라미 친 문제를 칠판에 적었는데 그건 선생님이 못 푼 문제를 표시한 거였죠. 선생님이 동그라미 친 문제를 빼고 칠판에 적으라고 했는데, 반장은 반대로 한 거예요. 그런데 반 애들이 다 풀어서 냈으니 얼마나 당황했겠어요. 선생님은 누가 풀었냐고 물었고, 반장은 내 이름을 말했죠. 솔직히 칭찬받을 줄 알았어요. 그런데 이거 어떻게 풀었냐? 뭘 보고 풀었냐? 하며 따지더라고요. 뭘 잘못했구나 싶어서 아무 말도 못 했어요. 지금 생각해 보면 선생님이 자존심 상해 기분이 나빴나 봐요."

"아, 이상한 사람이네."

미확인 쉬리는 자기 일인 것처럼 화를 냈다.

"일이 터진 건 다음 날이죠. 나는 미술을 잘한다는 이유로 학급 환경부장을 맡고 있었어요. 환경미화심사를 앞두고 있던 시점이었는데, 선생님은 반 애들을 모아 놓고 한 번도 1등을 놓쳐 본 적이 없다고 했어요. 그러면서 일주일 내내 청소를 시켰죠. 애들이 하는 게 맘에 안 들었는지 게시판은 선생님이 직접 만들었어요. 그런데 점심시간에 애들 몇 명이 교실 뒤에서 공을 찼어요. 게시판 한 개가 공에 맞고 떨어져 부서졌죠. 공을 찬 놈은 싸움을 잘했는데, 부서진 게시판을 다시 걸면서 반 애들을 향해 말했어요. 누가 그랬는지 담임에게 말하지 말라고. 만일 그러면 가만두지 않겠다고."

미확인 쉬리는 탁자를 주먹으로 치며 자신도 모르게 말을 내뱉었다.

"아우, 양아치 새끼. 하여튼 어디든 꼭 그런 놈이 있다니까. 아, 죄송해요. 저도 모르게 그만."

원장님은 괜찮다고 손을 저었다.

"종례 시간이 돼서 선생님이 들어왔어요. 당연히 부서진 게시판을 발견하고 누가 그랬냐고 물었지만, 아무도 대답하지 않았어요. 화가 난 선생님은 환경부장 나오라고 소리쳤어요. 반장, 부반장도 아닌 나를. 앞으로 나간 내게 범인이 누군지 말하라고 재촉했어요. 말을 하지 않자 교탁을 잡으라고 하더니 누가 그랬냐고 물으며 엉덩이, 허벅지, 종아리를 계속 때렸어요. 때리면서 화가 더 치밀어 오르는지 나중엔 머리까지 때리더라고요."

"아니 그걸 그대로 맞았어요? 도망을 가야죠. 싸우든가."

미확인 쉬리는 답답한 듯 가슴을 치며 말했다.

"그냥 버텼어요. 환경미화심사가 뭐라고 집착하는 담임이 싫었고, 아무도 나서지 않고 보고만 있는 친구들이 미웠어요."

"그냥 그 양아치가 그랬다고 말을 했어야죠. 내가 거기 있어야 했는데."

미확인 쉬리는 연신 한숨을 쉬었다.

"근데, 왜 매를 다 맞아 가며 버텼는지 알아요? 내가, 내가 바보 같았어요. 맞으면서 게시판을 망가트린 놈을 쳐다봤죠. 눈이 마주쳤는데 시선을 피하면서 그놈을 무서워하고 있다는 걸 알게 됐죠. 너무 수치스러웠어요. 이런 병신, 맞아도 싸다고 속으로 외치며 그냥 버텼어요."

원장님의 말이 끝나자 아무도 말을 할 수 없었다. 답답한 마음을 주체할 수 없어 시선을 어디에 두어야 할지 몰랐다. 그러다 여중생을 봤다. 여중생은 어느새 스마트폰을 끄고 원장님의 얘기를 듣고 있었다.

"선생님은 충분히 때렸다고 생각했는지 매를 던져 버리고 나가 버렸어요. 반 애들도 집으로 갔죠. 애들이 모두 교실을 나갈 때까지 교탁을 잡고 그대로 서 있었어요. 이 상황이 무슨 일인가 싶었죠. 걸으려는데 다리가 퉁퉁 부어서 움직이질 않았어요. 신기하게 눈물도 나오지 않았죠. 어두워져서야 난간을 붙들고 계단을 미끄러지듯 내려가 힘겹게 집으로 갔어요. 집에 도착하자마자 이불을 펴고 누웠어요. 부모님께 들키지 않으려고."

"신고했어야죠. 그걸 숨기면 어떻게 해요."

미확인 쉬리가 탁자를 손으로 치며 말했다.

"자다가 무슨 소리가 나서 눈을 떴어요. 어머니가 내 다리에 약을 바르시면서 울고 계셨어요. 내가 밤새 끙끙 앓았나 봐요. 어머니는 어두운데도 엉덩이부터 종아리까지 퍼렇게 멍든 걸 보시게 된 거죠. 아직도 그때가 생생해요. 어머니는 약을 바르며 내가 듣고 있는 걸 아시는지 '미안하다.'를 계속 속삭이며 우셨어요. 그때서야 눈물이 터져 나오더라고요. 나는 나대로 어머니는 어머니대로 밤새 울었어요."

원장님은 눈물이 고였지만 울지 않으려고 참았다. 어머니는 조용히 일어나 원장님을 안으며 말했다.

"그냥 울어요. 당신 잘못이 아니에요. 어머니 잘못도 아니고. 시원하게 울어요. 괜찮아요."

원장님은 그렇게 어머니 품에서 중학생 시절로 돌아가 울었다. 원장님은 그 이후 수학 공부를 끊었다고 한다. 실컷 운 원장님은 어머니에게 "고맙습니다."라고 말하고, 아무에게도 할 수 없었던 이야기를 하고 나니 마음이 가벼워졌다고 했다.

아침 일찍 공부하러 온 쉬리를 살펴봤다. 모임에 나오는 그녀는 여전히 미확인 상태였다. 아무리 봐도 확신이 들지 않는다. 어떻게 전혀 다른 사람처럼 보일 수 있을까? 쉬리는 오늘도 똥머리를 하고, 파란색 운동복에 삼선 슬리퍼를 신고 왔다. 공무원 수험서를 펴고 노트에 뭔가를 적어 가며 공부하고 있었다. 쉬리가 모임에 나오는 아가씨라면 나를 냉랭하게 대하지 않을 텐데. 운동복을 입고 공부하러 올 때는 간단히 인사하고 주문만 할 뿐 말이 없었다. 확신이 서지 않지만, 쉬리와 오일러 님이 동일 인물이란 생각이 떠나지 않았다. 손님이 없어 심심한 나머지 '어떻게 하면 쉬리의 실체를 밝힐 수 있을까?' 고민하며 라디오 방송에서 틀어 주는 음악을 듣고 있었다. 쉬리도 조용함을 즐기며 나른한 시간을 보내고 있었다. 쉬리가 하품했다. 나도 했다. 큰대자로 누워서 딱 30분만 자면 좋겠다고 생각하는 순간 그럴 수 없다는 듯 소란스럽게 사람들이 들어왔다. 잠이 달아났다. 쉬리는 들어오는 사람들을 흘깃 보더니, 이어폰을 꺼내 귀에 꽂았다. 건물주는 지난번에 함께 왔던 친구들과 또 왔다. 이번엔 건물주와 친구들까지 반갑게 인사했다. 건물주 일행은 나의 인사를 받지도 않은 채 자리에 앉아 수다를 떨기 시작했다.

"이야, 우리가 부탁한 메뉴가 생겼네. 그래, 좋잖아."

"역시 우리 김 여사님이 말하니까 딱 되네."

백발 할아버지와 함께 온 할머니가 여전히 큰 목소리로 말했다.

"기념으로 쌍화차는 제가 쏠게요. 계란 동동 띄워서 네 잔 줘!"

기분이 좋아진 건물주는 큰 목소리로 주문했다. 나는 쉬리를 슬쩍 봤다. 쉬리는 볼륨을 올리고, 두 손으로 이어폰이 꽂혀 있는 귀를 막았다.

쉬리에게 미안한 마음이 들 정도였다. 다행히 중절모 할아버지가 일행에게 목소리 좀 낮추라고 말했지만 바로 무시됐다. 건물주와 친구들은 그동안 못했던 이야기보따리를 풀어냈다. 중간중간 손뼉도 치며 자지러지게 웃어 젖혔다. 대화는 끊임없이 이어졌고 나와 쉬리를 나른하게 만들어 주던 라디오 방송은 소음이 됐다. 라디오를 끄면서 목소리를 낮춰 달라고 부탁할까 고민하고 있는데 쉬리가 먼저 행동했다. 쉬리는 건물주가 있는 쪽으로 다가갔다.

"목소리 좀 낮춰 주시면 안 될까요? 너무 시끄러워서 공부할 수가 없어요."

"이봐, 아가씨. 여기가 도서관이야? 공부를 왜 여기서 해!"

백발 할아버지가 대꾸했는데, 목소리가 커서 그냥 말한 건지 소리를 지른 건지 알 수 없었다. 건물주 옆에 앉은 할머니가 백발 할아버지의 말을 이어받았다.

"하여튼 요즘 젊은 사람들은 노인 보기를 뭐같이 한다니까."

건물주와 중절모 할아버지는 누구 편을 들 수 없어 난감해하고 있었다. 건물주가 날 쳐다봤다. 와서 정리하라는 건가? 그래야겠지? 내가 다가가는데 쉬리가 말이 안 통한다는 듯 나가려고 짐을 정리했다.

백발 할아버지는 쐐기를 박겠다는 듯이 더 크게 말했다.

"내가 나이 먹고 이런 무시를 당하려고 옛날에 그 고생했나? 목숨 걸고 타국에 가서 전쟁 치르고 말이야, 어! 아직도 고엽제 후유증으로 고생하고 있는데. 죽어라 고생해서 먹고살 만한 나라 만들어 놨더니 요즘 것들은 원래 그랬던 것처럼 생각한다니까. 배부르고 등 따시니까 지들이 잘난 줄 알고 늙은이들을 무시해요."

쉬리는 서둘러 나가려다가 문을 반쯤 열었을 때 멈췄다. 쉬리는 잡았던 문손잡이를 놓고 되돌아와 탁자 앞에 섰다.

"할아버지, 제가 언제 무시했어요. 우리 할아버지도 월남전 다녀오셔서 고엽제 후유증으로 고생하시다 돌아가셨어요. 아픈 할아버지에게 왜 목숨 걸고 거기 가셨냐 물었더니 뭐라 하셨는지 아세요? 후손들은 자기 세대처럼 살지 않게 하려고 가셨대요. 다음 세대의 자식, 손주들은 평화롭고 여유롭게 하고 싶은 거 즐기며 행복하게 살기 바라는 마음으로 그러셨대요. 저도 알아요. 어르신들의 젊은 날이 얼마나 힘들었는지. 그런데 저도 힘든 젊은 날을 보내고 있어요. 꼭 총 들고 싸우고, 굶어 가며 삽질을 해야만 힘든 게 아니에요. 늙은 게 어르신들 잘못이 아닌 것처럼 저도 젊은 게 잘못이 아니에요. 우리 젊은 사람들도 최선을 다해서 애쓰고 있다고요."

쉬리는 눈물이 그렁했지만 흘리지는 않으려고 애썼다. 쉬리가 말하는 동안 네 명의 어르신과 나는 그대로 멈춰서 듣기만 했다. 쉬리가 말을 끝내자 중절모 할아버지가 천천히 일어났다. 무슨 일이 일어날 것만 같아 마음이 조마조마했다. 할아버지는 모자를 벗어 쉬리를 향해 허리를 숙였다. 그 순간 모든 사람이 놀랐는데, 가장 놀란 사람은 쉬리였다. 쉬리는 뒤로 물러나서 무슨 상황인가 살피더니 빠르게 허리를 숙여 맞절했다. 할아버지는 허리를 펴고 중절모를 다시 썼다.

"아가씨, 내가 사과하겠네. 우리가 너무 꼰대질했지? 나이를 먹으면 억울한 일이 많아지고 어린애처럼 투정도 많이 하게 되네. 아가씨가 이해해 주길 부탁해요."

"아니에요, 어르신. 오히려 제가 죄송하죠."

쉬리는 난처한 표정으로 어떻게 해야 할지 몰라 연신 고개만 끄덕여 댔다. 정작 사과해야 할 백발 할아버지는 자리에 앉아 "아, 이거 참." 하며 헛기침을 내뱉고는 난감한 표정으로 창밖을 바라봤다. 건물주 옆에 앉은 할머니가 "이만 가 봐야겠네."라고 말하며 가방을 챙겨 일어서고 나서야 건물주 일행은 함께 카페를 나갔다. 쉬리는 자신이 카페 주인인 듯 "안녕히 가세요."라고 인사했다. 나를 보더니 다시 "안녕히 계세요."라고 말하며 카페를 나갔다.

방금 무슨 일이 있었던 거지? 바둑 기사가 복기하듯 기억을 되새겼다. 카오스다. 무질서 속의 질서, 혼돈 속에도 질서가 있다더니 이런 것을 말하는 건가?

카오스가 있던 날 며칠 후 세 번째 모임이 열렸다. 모두 약속 시각 전에 도착했고, 여중생은 캠핑 동영상에 집중하고 있었다. 그래도 지난 모임 때보다 우울함이 조금 걷힌 듯 보였다.

"안녕하세요? 그동안 잘 지내셨죠? 오늘 세 번째네요."

"탈레스 님, 우리 매주 모이면 어때요? 이 모임 은근 기다려져요."

미확인 쉬리가 해맑게 말했다.

"아직 세 번밖에 안 됐으니 나중에 의논해 보도록 해요."

"근데, 이 모임 이름을 짓는 건 어때요? 엄마가 어디 가냐고 물으면 모임에 간다고 하는데, 좀 애매해서요."

"오일러 님, 좋은 생각이에요. 저도 고민 중이었어요."

처음부터 모임의 이름을 짓고 싶었다. 마땅히 떠오르는 게 없어 고민하고 있었는데, 미확인 쉬리도 그랬나 보다.

"탈레스 님, 생각해 본 이름 있어요?"

대학 때 만들었던 신문 이름이 기억났다.

"수학 관련해서 짓고 싶은데, 시그마 어떨까요?"

"시그마? 그건 어느 나라 말이야?"

어머니는 입에 붙지 않아 불편해했다. 나는 시그마는 그리스 문자로 합을 나타내는 수학 기호라고 설명했다.

"수학에는 우리말로 된 게 없나? 한자어 아니면 영어네. 거기다 그리스어까지."

정말 그랬다. 학생들은 수학 기호에 힘들어했고, 생소한 기호 이름은 수학을 더 어렵게 만들었다. 기호뿐만 아니라 정리와 공식도 외국 수학자나 한자어로 이름이 붙었다. 우리말로 수학 용어를 바꾸면 좋겠다고 생각했었다. 어머니는 잠시 고민하더니 말했다.

"내가 아는 수학 기호는 더하기, 빼기, 곱하기, 나누기밖에 없는 거 같아. 그런데 그건 우리말 맞지?"

"그러네요. 사칙연산은 우리말로 하네요."

대화를 들으며 고민하던 원장님이 말했다.

"그냥 이름을 '곱하기나누기'로 하면 어때요? 기쁨은 곱하고, 슬픔은 나눈다는 뜻으로."

원장님의 의견을 적극적으로 반영하고 싶었다.

"오, 뜻이 좋네요. 그런데 조금 긴데요."

미확인 쉬리가 말했다.

"그러면 줄여서 '곱하나누' 어때요?"

"입에 딱 안 붙는데요. 발음도 힘들고."

다들 곰곰이 생각하느라 침묵이 흘렀다. 여중생이 정적을 깨며 정답을 맞히듯 말했다.

"나누고파!"

"오, 그래. 왜 우리는 계속 곱하기를 앞에 쓰고, 나누기를 뒤에 쓰려고 했지? 순서를 바꿔도 되는걸. '나누기곱하기'를 줄여서 '나누곱하'이고, 그걸 발음하면 '나누고파'가 되네. 와, 천잰데."

우리는 미소 지으며 여중생을 쳐다봤다. 여중생은 쑥스럽다는 듯 스마트폰에 집중한 채 살짝 웃었다. 그래, 이제 조금씩 마음을 여는구나.

"역시 요즘 애들이 똑똑하고 생각도 유연해. 우리는 머리가 굳어서 생각도 못 하는데."

어머니는 손녀를 보듯이 여중생을 사랑스럽게 바라봤다.

"이제 우리 모임 이름은 '나누고파'입니다. 말할수록 입에 딱딱 붙네요. 나누고파 좋다."

신이 나서 하는 내 말을 이어받아 원장님이 말했다.

"우리 티셔츠라도 맞춰 입어야 하는 거 아닌가?"

미확인 쉬리는 질색했다. 우리는 함께 이름을 정했다는 것이 기뻤고, 여중생이 마음을 열기 시작했다는 것이 더 기뻤다.

"오늘은 데카르트에 관해 얘기해 볼게요. 아마 많은 사람이 데카르트는 철학자라고만 알고 있을 거예요."

"근대 철학의 아버지!"

미확인 쉬리는 묻지도 않은 질문에 답하며 나를 검지로 가리켰다.

"맞아요. 다들 한 번씩 들어 보셨죠? 데카르트는 수학에도 많은 영향을 미쳤어요. 데카르트는 해석기하학의 창시자라고 불리기도 해요. 왜 냐하면 두 개의 축으로 평면좌표를 만들고 그 위에서 도형의 성질을 연구했거든요."

종이 한 장을 가져와서 두 직선을 직교하게 그리고, 만나는 지점에 알파벳 대문자 *O*를 써서 원점을 표시했다.

"이것을 평면좌표라고 해요. 이 위에 점을 찍으면 이렇게 좌표로 나타낼 수 있죠."

점을 하나 찍고 점선으로 축에 수선을 내리그어 좌표를 표시했다.

"왜 수학하는데 자꾸 영어가 나와."

"수학이 그리스나 유럽에서 시작되고 발전해서 그래요. 여기까지만 할게요."

어머니의 불평에 눈치껏 좌표평면 위에 삼각형을 하나 그렸다.

"삼각형의 성질을 찾기 위해 도형 자체를 가지고 고민했었죠. 그래서 만든 게 피타고라스의 정리 같은 거고요. 그런데 이 삼각형의 각 꼭짓점을 좌표로 나타내면 무게중심이나 넓이를 쉽게 구할 수 있어요. 이런 걸 해석기하학이라고 해요."

"역시 수학은 어려워."

원장님은 팔짱을 끼고 종이 위의 삼각형을 노려봤다. 나는 어색한 웃음을 지었다.

"아, 너무 수업처럼 얘기했네요. 제가 말하고 싶은 건 데카르트가 이 방법을 어떻게 찾았느냐 하는 거예요. 하루는 데카르트가 자려고 누웠는데 천장에 파리 한 마리가 붙어서 돌아다녔어요. 타일을 붙여 천장이 모눈종이 같았는데 데카르트는 그걸 보고 파리가 앉은 위치를 좌표로 나타낼 수 있겠다는 아이디어를 얻었다고 합니다."

원장님은 삼각형의 울타리에서 벗어난 듯 팔짱을 풀며 말했다.

"와, 이 사람도 천재네. 수학자는 다 천재야? 파리를 보고 어떻게 그런 생각을 해. 죽일 생각하는 게 맞는 거 아냐?"

"뉴턴이 사과가 떨어지는 걸 보고 만유인력을 생각했다잖아요. 판화가 이철수는 때가 되었기 때문이라고 했고요. 아무래도 서양은 지성 중심으로 생각하고 우리는 감성 중심으로 생각하기 때문인 거 같아요."

어머니는 옛날을 회상하며 말했다.

"그것도 배부를 때 얘기지. 배고파 봐, 만유인력이고 뭐고 아무 생각 안 나. 그냥 먹을 생각만 하지."

원장님이 어머니의 말을 거들었다.

"맞아요. 사과가 떨어지면 먹을 생각만 할 거 같아요."

미확인 쉬리의 생각이 궁금했다.

"오일러 님은 어때요? 사과가 떨어지면 어떤 생각이 들 거 같아요?"

미확인 쉬리는 잠시 생각하고 답했다.

"첫사랑이다."

나는 감탄했고, 어머니와 원장님은 밝게 웃었다. 이 단어 하나가 뭐라고 어두운 방에 불을 켜듯 분위기를 바꿔 버리는지. 미확인 쉬리는 부끄러워했다.

"아니에요. 제 생각이 아니라, 드라마 〈도깨비〉 안 보셨어요? 거기 나오잖아요. 공유가 김고은 보면서 시를 읽잖아요. 제목이 '사랑의 물리학'이었나?"

부끄러워하는 미확인 쉬리에게 웃어 보이며 여중생을 바라봤다. 여중생은 이어폰을 꽂고 있지만, 우리의 얘기를 다 듣고 있는 것 같았다.

혹시나 하는 생각으로 질문했다.

"칸토어 님은 사과가 떨어지면 어떤 생각이 들까요?"

여중생은 스마트폰을 들고 있는 오른손과 다르게 놀고 있는 왼팔을 앞으로 뻗으며 검지로 카페 문을 가리켰다. 갑작스러운 행동에 우리는 여중생의 손가락만 쳐다봤다. 여중생은 답답했던지 팔을 굽혔다 폈다 하며 문 쪽을 보라고 무언의 강요를 했다. 우린 그때서야 그 의미를 알고 문 쪽을 바라봤다. 누군가 반쯤만 보이게 뒤돌아 서 있었다. 나는 문을 열고 "무슨 일이세요?"라고 물었다. 며칠 전 쉬리에게 허리 굽혀 사과했던 중절모 할아버지였다. 중절모를 쓰지 않았지만 금방 알아볼 수 있었다. 나는 급히 인사를 했다.

"아, 안녕하세요. 어쩐 일이세요? 죄송하지만 지금은 카페 문을 닫았는데요."

"그게 아니라. 나도 모임에 들어갈 수 있을까 해서 와 봤어."

"그러세요? 그럼요. 가능하죠. 어서 들어오세요."

카페 안으로 안내하고, 의자 하나를 가져와서 내 맞은편에 놓았다.

"뭐 드릴까요?"

"그냥 물 한 잔 줘. 아차, 주문해야 하지."

"아니에요. 물 드릴게요. 찬물로 드릴까요? 따뜻한 물로 드릴까요?"

"시원한 물로."

급하게 얼음 몇 개 넣고 생수를 유리잔에 담았다. 어머니와 원장님은 반갑다며 인사를 건넸다. 미확인 쉬리는 난처한 표정으로 고개만 숙여 가볍게 인사했다. 물을 한 모금 마신 후 안정을 찾았는지 어르신은 미확인 쉬리를 보며 말했다.

"어? 그 아가씨구먼. 우리가 이렇게 만날 인연이었던가 봐."

미확인 쉬리는 숨바꼭질 놀이하다가 술래에게 들킨 것처럼 체념한 듯 말했다.

"안녕하세요. 그동안 잘 지내셨어요? 이렇게 또 뵙네요."

아, 쉬리가 맞았구나. 내가 제대로 봤네. 그래도 굳이 아는 척하지 않길 잘했단 생각이 들었다. 어르신은 어떻게 한 번에 알았을까? 나는 어르신과 쉬리에게 있었던 일을 다른 사람에게 간단히 설명했다. 그리고 궁금해서 어르신에게 물었다.

"저, 그런데 어르신. 오일러 님이, 아니 이 아가씨가 그때 그 사람인지 어떻게 아셨어요? 사실 저는 확신이 없었거든요. 그런데 어르신께서는 한 번에 맞추셨네요."

"나도 처음엔 몰랐어. 외모가 그때와 너무 달라서. 그런데 눈을 보니 바로 알겠더라고. 눈빛은 그대로거든. 뭐랄까? 이렇게 말하면 어떻게 생각할지 모르겠지만, 눈빛이 나랑 비슷했어. 뭔가를 찾아 헤매는 눈빛이라고 할까? 갈망? 배고픔? 그런 게 느껴졌지."

"아, 그러셨군요."

"그런데 내가 방해한 거 아닌지 모르겠네. 나같이 나이 든 사람도 괜찮은 건가?"

"그럼요. 나이 제한 없습니다. 그 대신 규칙 몇 개만 말씀드릴게요."

나는 간단히 규칙을 말했다.

"별칭을 정해 드려야 할 텐데 뭐가 좋을지……."

"오늘 데카르트 얘기 중이었으니 그것으로 하면 어때요?"

쉬리가 아이디어를 냈고, 모두 동의했다.

"환영해 줘서 고마워요. 별명이 생기니 기분 좋네. 어릴 땐 별명이 그리도 싫었는데."

"무슨 별명이셨는데요?"

어머니는 동년배가 생겨서 좋은지 친화력을 발휘했다.

"말하기 부끄러운데, 개미똥꼬였어요."

모두 웃었다. 여중생도 웃겼던지 속으로 '큭' 소리를 냈다.

"여기 젊은 사람들은 모르겠지만 개미 엉덩이 쪽을 빨면 신맛이 난다고. 배고프고 마땅한 먹거리도 없던 시절이라 재미로 몇 번 개미를 잡아 빨았는데, 친구들이 그걸 보고 놀리기 시작한 거지. 나이 들어서 만나도 그렇게 부른다니까. 이젠 그것도 추억이야."

쉬리는 신기하다는 듯 스마트폰을 꺼내 검색했다. 검색한 페이지를 넘겨보다가 신나서 말했다.

"개미는 개미산이라는 것을 가지고 있는데, 산의 성질인 신맛이 난대요. 와, 신기하다."

"혹시 정하 님도 그러셨어요?"

어머니는 웃으며 고개만 끄덕였다.

"그러면 그 개미는 어떻게 돼요? 죽어요?"

쉬리는 호기심 가득한 얼굴로 어머니에게 물었으나, 대답은 원장님이 했다.

"죽겠지. 내가 개미면 수치스러워서라도 죽겠다."

원장님의 말에 한바탕 웃었다.

"오늘은 수학자 데카르트에 관해서 얘기하고 있었어요. 그런 의미에서 신입회원으로 오신 데카르트 님의 얘기를 들어 볼까요? 어때요?"

모두 동의했다. 여중생은 아무 말 없었지만, 긍정의 표현이라고 간주했다.

"데카르트 님은 우리 모임에 어떻게 오시게 되었어요?"

어르신은 물 한 모금을 마셨다.

"문화센터에서 만난 사람들과 식사하고 여기 몇 번 왔었지. 그때 벽에 붙은 광고지가 눈에 띄었어. 지난번에 오…… 뭐라고 했지?"

"오일러 님이요. 잠깐만요."

나는 포스트잇을 가져다가 회원들의 수학자 이름을 적어 어르신이 볼 수 있게 탁자에 붙였다.

"고마워. 오일러 님과 그런 일이 있고, 결심하게 됐지. 사실 외로워서 그 사람들과 어울리긴 했지만, 생각과 정서가 나와 달랐어. 그래도 어떻게 해, 친구가 없으니. 친구가 없는 건 아니었지. 죽어서 없는 거야. 나이 드니 하나둘씩 먼저 떠나더라고. 내가 가장 마지막에 남을 줄이야. 오래 살아서 친구들 떠나보내는 것도 괴로운 일이야."

침묵이 흐르고 분위기가 어색해졌다.

"내가 괜한 말을 했구먼."

우리는 누가 먼저라 할 거 없이 아니라며 손사래를 쳤다.

"어쨌든 나는 평생 꿈을 찾아 헤맨 거 같아. 요즘 TV를 보면 젊은이들에게 꿈을 가지라고 하는데, 그게 얼마나 어려운 일인지 알고 그러나 싶어. 과연 그 꿈이라는 게 있긴 한 건지. 이 나이가 되도록 꿈을 찾지 못했으니까."

"사실 저도 그래요. 뭘 하고 싶은지도 모르겠어요."

나는 어르신 말에 공감했다.

“친구들은 한 직장에서 30년 넘게 일했는데, 나는 그렇지 못했어. 한 직장에서 길게 일하지 못했지. 가장 오래 한 일이 5년 정도 될 거야. 모은 돈으로 일 년 내내 여행만 한 적도 있어. 그런데 어떤 일을 하든 내 자리가 아닌 거야. 그러다 보니 어느 순간 나이 들어 할 수 있는 일이 거의 없더군. 퇴직이라고 할 거 없이 일이 없으니 집에만 있게 된 거야. 그렇게 지내고 있는데 하루는 연락이 왔어. 친구가 죽었다고. 그것도 친구 핸드폰 번호로 문자가 온 거야. 친구 아들이 아버지 핸드폰을 가지고 저장된 번호로 문자를 보낸 거지. 죽은 친구는 자기 부고를 자기가 직접 전한 꼴이 됐지. 친구의 장례식장에 가야 하나 말아야 하나 한참 고민했어. 자네 생각은 어떤가?”

나는 갑작스러운 질문에 당황하며 말했다.

“제 생각엔…… 친구가 죽었는데 가야 하지 않을까요?”

“대부분 그렇게 생각하겠지. 나도 그렇게 생각하고 장례식장에 갔어. 빈소에 들어가려는데 내가 아는 사람이 아무도 없는 거야. 날 아는 사람도 없고. 그냥 발길을 돌려 나왔지. 눈물도 나오지 않더라고. 화장실이나 들리자 하고 갔는데, 소변기 앞에 스티커가 붙어 있더군. 거기에 그렇게 쓰여 있었어. ‘우물쭈물 살다가 이렇게 끝날 줄 알았지. 버나드 쇼 묘비명’이라고. 마치 죽은 친구가 내게 말하는 거 같았어.”

“TV 광고에서 본 거 같아요. 그땐 어려서 잘 몰랐는데 지금은 다르게 느껴지네요.”

내 말이 끝나자 어르신은 또 물 한 모금 마시며 말했다.

“다시 포기했던 꿈을 찾기로 했어. 이젠 죽을 때까지 못 찾더라도 상관없어. 그래서 뭔가를 배우겠다고 문화센터를 찾게 된 거고, 자연스럽게 사람들과 어울리게 된 거지. 여기 아가씨와 오해가 생겼을 때 '나는 꼰대가 되었구나.'라는 생각이 들었어. 나만큼은 꼰대가 아니라고 생각했는데, 그게 아니었어. 익숙한 것을 버리고 새로운 것을 찾아야 했어. 그 새로운 게 바로 이 모임이지. 그런데 막상 오니 들어오기 망설여지더라고. 나 같은 노인을 받아 줄지. 싫어하거나 거절하지 않을까 하는 걱정에 고민하고 있던 거지. 포기하고 집으로 가려는데 때마침 여기 사장님이 발견한 거야."

"사실 제가 아니라 칸토어 님이에요."

손으로 여중생을 가리켰다. 여중생은 이번에도 스마트폰을 끈 채 얘기를 듣고 있다가 무심한 듯 손가락으로 브이 자를 했다. 다들 그 모습에 다시 한번 미소 지었다.

방정식을 풀 때 미지수를 x로 나타낸다. 미지수로 x를 처음 사용한 수학자가 데카르트다. 데카르트는 책을 출판하기 위해 인쇄소로 갔다. 그는 인쇄공에게 미지수를 어떤 문자로 나타내고 싶은데 좋은 생각 없냐고 물었다. 인쇄공은 활자 중 x가 가장 많이 남았으니 그것을 사용하는 게 어떠냐고 추천했고, 그 이후 데카르트는 미지수로 x를 사용하게 되었다. 단순한 사건이지만 그 후 수학이 빠르게 발전할 수 있었다. 데카르트가 미지수 x를 찾기 위해 고민했듯이 어르신도 꿈을 찾으려 애쓰고 있다. 나는 '도대체 알 수 없는 세대'라는 뜻으로 X세대라고 불렸다. 기성세대가 우리 세대를 알 수 없듯이 나 자신도 몰랐다. 여전히 X세대답게 꿈의 방정식을 풀지 못해 오답만 구하고 있다. 정답이 있는지 알 수 없으나 풀고, 풀고, 또 푼다. 언제가 답을 찾고 싶다. 데카르트가 인쇄공의 도움을 받아 해결했듯이 어르신도 나도 나누고파 모임에서 해답을 얻길 바랐다.

답장

고등학교 3학년. 승배와 나는 3년째 같은 반이 됐다. 점심시간 우리는 또 같은 반이 된 걸 신기해하며 따뜻한 봄볕 아래 운동장 벤치에 앉아 얘기를 나눴다.

"한 학년에 10개 반이 있으니까 3년 연속으로 같은 반이 될 확률은 1,000분의 1인가?"

승배는 혼자 중얼거리듯 말하더니 내게 물었다.

"맞냐? 나는 모르겠다."

"대단한 인연 아니냐? 1,000분의 1의 확률을 뚫은 사이잖아."

"우리가 대학 합격할 확률이 더 낮을지도……."

둘 다 말이 없어졌다. 3학년이 되자 움직이는 것도 귀찮았다. 축구공 하나로 운동장을 떼지어 뛰어다니는 후배들을 보며 다가올 입시를 실감했다.

"이 청승들. 여기서 뭐 하냐?"

누군가 뒤로 다가와 승배와 나의 어깨를 동시에 껴안았다. 주호 선배였다.

"어? 선배, 여긴 어쩐 일이에요?"

"오~ 빼, 오랜만이다."

"안녕하세요."

선배는 승배를 '오~ 빼'라고 부르며 인사했다. 승배의 성이 오씨라서 그렇게 불렀다.

"나도 여기 졸업생인데, 오면 안 되냐?"

"그게 아니라 갑자기 나타나서……."

선배는 나와 승배 사이에 끼어 앉으며 학교에 온 이유를 설명했다.

"너희들 공부 잘하고 있나 감시도 할 겸 은사님 뵈러 왔다."

"작년 우리 담임 쌤이요?"

"그래, 내 3학년 담임 쌤."

"선배를 기억하세요?"

"당연하지. 민주 쌤뿐 아니라 다른 쌤도 날 보더니 바로 기억하시더라."

"학교 다닐 때 유명했나 봐요."

"유명했지. 내가 일을 저질렀거든."

선배는 그때 기억이 나는지 혼자 웃어댔다. 한참을 그렇게 웃다가 우리에게 들려준 선배의 추억은 이랬다.

선배는 모의고사를 보고 친구들과 밤새 술을 마셨다. 그 무리 중엔 전교 1등 하는 친구도 있었다. 선배는 무단결석했고, 전교 1등은 술 냄새를 풍기며 등교했다. 그런데 선배만 징계를 받았다. 선배는 교무실로 가서 함께 술 마셨는데 왜 자기만 징계받냐고 따졌지만, 어떤 설명도 없이 따귀만 맞았다. 선배는 그날 밤 뒷산에서 술 마시며 야자가 끝날 때까지 기다렸다. 모든 불이 꺼지자 학교로 들어갔고 교실과 복도의 유리창을 깨 버렸다. 징계를 추가로 받았으나 다행히 퇴학은 당하지 않았다.

"이게 그때 다친 상처야."

처음 봤을 때 선배를 조폭으로 의심하게 만든 손의 상처를 보여 줬다.

"그럴 필요까진 없었는데, 그냥 억울했어. 공부를 못한다고 항상 무시만 당해서. 학교를 때려치우기 전에 화풀이나 하자고 그랬는데. 손에 붕대 감고 집에 처박혀 있는 나를 매일 찾아와서 설득하고, 학교 졸업하게 만든 사람이 바로 너희들 2학년 담임이었던 이민주 선생님이야."

"아, 그랬구나. 역시 민주 쌤은 의리 있다니까."

"너희 같은 범생이들이 뭘 알겠니."

선배는 주머니에서 뭔가를 꺼냈다.

"사실 내가 여기 온 건 선생님을 뵈러 온 이유도 있지만, 바로 이거 때문이야."

선배는 편지를 흔들어 보였다.

"기종아, 드디어 왔다. 너무 궁금해서 기다릴 수가 있어야지. 그래서 배달 왔다."

선배에게 전해 받은 편지 봉투에는 보내는 사람이 없이 독서실 주소와 내 이름만 적혀 있었다. 선배와 승배는 내 손에 들린 편지를 쳐다봤다. 두 사람은 어서 뜯어보라는 듯이 눈을 크게 떴다. 손이 떨려서 뜯을 수 없었다.

"내가 뜯어 줄까?"

선배는 답답해했다.

"야, 빨리 뜯어 봐. 이 편지를 얼마나 기다렸는데."

승배도 궁금해서 재촉했다.

"지금 안 볼래."

편지를 주머니에 넣었다. 선배와 승배는 답답한 표정으로 한숨을 쉬었다. 나는 일어나서 교실로 향했고, 두 사람은 뒤에서 "기종아!" 하고 불렀다.

편지를 보낸 지 1년 만에 그녀로부터 답장이 왔다. 그녀는 왜 갑자기 편지를 보냈을까? 야간 자율 학습을 마치고 독서실로 와서 자리에 앉았으나 아무것도 할 수 없었다. 학교에서 어떻게 왔는지 기억도 나지 않았다. 헤어져 집으로 갈 때까지 승배는 어떤 말도 하지 않았다. 선배도 독서실로 들어서는 내게 아무 말도 하지 않았다. 두 사람은 내가 스스로 말할 때까지 기다렸다.

자정이 넘어 형광등의 미세한 소리가 공간을 채웠다. 칼로 봉투 모서리를 자르고, 네 단으로 접힌 편지지를 꺼냈다. 천천히 한 글자 한 글자 글씨체까지 외울 듯 읽었다.

안녕. 그동안 보낸 편지는 잘 읽었어.

수원에서 하숙하다 방학해서 집에 오니 너의 편지들이 있었어.

한두 통이 아니라서 놀라긴 했지만 너의 마음을 생각해서 다 읽어 봤어.

내가 이런 편지를 받을 정도로 대단한 사람이 아닌데, 날 좋아해 줘서 고마워.

하지만 나에게도 너에게도 지금이 중요한 때라고 생각해.

나 때문에 너의 소중한 시간을 허비하지 않았으면 좋겠다. 미안해.

미수.

편지를 읽고 한동안 허공을 봤다. 복잡하고 요동치던 머릿속은 어딘가 구멍이 난 것처럼 모든 게 빠져나가 텅 비었다. 더는 편지를 보낼 수 없게 됐다. 차라리 편지를 보내지 말지. 편지를 쓰면서 보고 싶은 마음을 참으며 간신히 버티고 있었는데.

편지를 쥔 손이 떨렸다. 터져 나오려는 울음을 참고 또 참았다. 눈물이 가득 차올라 눈꺼풀에 고인 후 중력이 이끄는 대로 떨어졌다. 한 덩어리 눈물이 편지지 위에 떨어졌다. 눈물이 떨어진 곳의 까만 글씨는 눈물과 섞여 점점 파랗게 번져 나갔다. 그녀를 처음 봤을 때 배경으로 펼쳐져 있던 파란 하늘이 떠올랐다.

그녀에게 편지를 받은 후 말을 거의 하지 않았다. 마치 인생이 그녀의 편지를 받기 이전과 이후로 나누어지는 것처럼 달라졌다. 그런 나를 보고 가장 걱정한 사람은 주호 선배와 승배였다. 평소 집에서 거의 말을 하지 않기 때문에 부모님은 그런 변화를 눈치채지 못했다. 공부도 잘되지 않았다. 할 수가 없었다. 편지를 못 쓴다는 것은 아무것도 할 수 없다는 뜻이었다. 그저 침묵할 뿐이었다.

일주일이 지나 3학년 첫 번째 모의고사가 있었다. 모의고사 성적이 입시에 영향을 주는 것은 아니지만 대학 입시 자료로 활용되기 때문에 중요했다. 모의고사 전날 담임 선생님은 고3 첫 모의고사 성적이 곧 학력고사 성적이라며 종례 시간에 한참 연설했다. 모의고사 1교시 시험지를 받아 펼쳤다. 글씨가 눈에 들어오지 않았다. 국어 지문의 한 문장을 읽고 또 읽었다. 몇 번인지도 모르게 반복해 읽었지만, 머릿속에 들어오지 않았다. 뒤통수 어딘가에 구멍이 나서 눈으로 들어온 글자가 그대로 빠져나가는 느낌이었다. 그냥 찍기로 했다. 컴퓨터용 사인펜으로 인적 사항을 표시했다. 잉크가 말라 OMR 답안지의 동그라미 안에 적힌 숫자가 보일 정도로 희미하게 칠해졌다. 2교시 시험 중엔 사인펜이 그 희미함도 잃었다. 남은 눈물을 소진하고 지쳐 쓰러지듯 사인펜은 책상 서랍으로 던져졌다. 필통을 열었으나 다른 사인펜은 없었다. 시험을 포기한 채 백지로 답안지를 제출해 버렸다. 점심시간이 되자 운동장으로 나가 벤치에 누웠다. 햇빛이 좋았다. 금세 머리가 뜨거워졌다. 하늘을 올려다보니 구름 한 점 없었다. 눈을 감았다. 이대로 햇빛에 소멸하거나 굳어져 돌이 되면 좋겠다. 다음 생이 있다면 돌로 태어나길. 멀리서 승배가 달려오며 나를 불렀다.

"기종아, 여기서 뭐 해?"

"그냥."

"담임이 너 오란다. 빨리 교무실로 가 봐."

"나를?"

"응. 근데 무슨 일이야?"

나는 이유를 모르겠다는 표정을 지었지만, 예상할 수 있었다. 2교시에 제출한 답안지 때문일 것이다. 노크하고 교무실로 들어갔다. 예상대로 담임 선생님은 책상 위에 내 답안지를 펼쳐 놓고 기다렸다.

"왔니? 여기 앉아 봐."

담임 선생님은 등받이가 없는 간이 의자를 내밀었다.

"내가 왜 불렀는지 알지?"

"네."

"이유를 설명해 볼까?"

"이유가 없어요."

"이유가 없다. 그럼 뭐 반항이냐? 학교에 불만 있어?"

"그건 아니고요. 그냥 시험 보기 싫었어요."

"뭐 이리 황당한 이유가 있나. 대학 시험 볼 때도 하기 싫으면 그냥 백지로 낼 거냐? 공부가 하고 싶어서 하는 사람이 어딨어? 그냥 해야 하니까 하는 거지. 그리고 1교시는 4번으로 찍었네. 이게 뭐냐? 컴펜 살 돈도 없어? 시험이 있으면 전날 미리 준비했어야지."

"죄송합니다."

숙이고 있던 고개를 들었다. 담임 선생님 뒤쪽에서 이 상황을 지켜보고 있던 민주 선생님과 눈이 마주쳤다.

"너 3, 4교시는 제대로 해. 알았어?"

"네."

"가 봐."

인사하고 교무실을 나왔다. 교실로 가려는데 뒤에서 민주 선생님이 불렀다. 선생님은 새 컴퓨터용 사인펜을 내 손에 쥐여 줬다.

"기종아, 시험 잘 봐."

"네."

"나중에 돌려주지 않아도 돼. 그냥 너 써."

"네. 고맙습니다."

선생님은 더는 아무 말 하지 않았다. 점심시간이 끝나고 3교시 시험이 시작됐다. 제대로 시험 보라는 담임 선생님 말에 '네.'라고 대답은 했지만, 그럴 수 없었다. 백지로 제출하지 않았을 뿐 찍기는 마찬가지였다. 시험이 끝나고 걱정됐는지 승배는 독서실까지 따라왔다. 주호 선배는 지루한 시간을 보내던 중 잘됐다는 표정으로 우릴 반갑게 맞이했다.

"선배, 술 좀 사 줘요."

선배와 승배는 나의 갑작스러운 말에 놀랐다.

"술? 술 사 달라고?"

"네."

"너 술 마실 줄 알아?"

"술 마실 줄 알아야 마실 수 있는 거예요? 그냥 마시면 되죠."

"뭐, 그렇긴 하지."

승배와 눈짓을 주고받은 선배는 결심한 듯 말했다.

"그래, 좋아. 까짓것 기종이가 먹고 싶다는데 그게 뭐 어렵겠냐? 그 대신 너희들 미성년자라서 술집에 갈 순 없고, 내가 술을 사 올 테니 여기서 먹자. 괜찮지?"

"네, 좋아요."

선배는 소주 몇 병과 프라이드치킨을 사서 양손에 들고 왔다. 선배는 독서실 문을 잠갔고, 우리는 아무도 없는 공부방 바닥에 신문지를 깔고 앉아 술과 안주를 풀어 놓았다. 선배는 종이컵에 술을 따라 주고 '건배'를 외쳤다. 첫 잔은 원샷이라는 선배의 말에 따라 술을 한숨에 들이켰다. 시원하게 입과 목을 거쳐 몸속으로 들어간 술은 따뜻한 기운으로 다시 목을 타고 올라와서 몸 전체로 퍼졌다. 머리끝까지 술의 열기로 달아올라 마비되는 느낌이 좋았다. 선배는 내 빈 잔을 채웠고, 나는 바로 한숨에 들이켰다. 승배는 천천히 마시라며 잔소리했다. 선배는 닭다리 하나를 내 손에 쥐여 주며 말했다.

"야, 술은 그렇게 마시는 게 아니야. 술 마실 땐 안주가 중요해. 안주 먹으면서 천천히 음미하면서 마셔야지."

닭 다리를 한입 물었다. 기름이 터져 나와 입안에서 흩어졌다. 어릴 적 내게 버림받은 토끼가 생각났다. 결국 더는 씹지 못하고 모두 뱉어냈다. 혀에 묻은 기름기를 지우기 위해 술을 마셨다. 따뜻하던 술기운이 뜨겁게 느껴졌다. 차갑던 술이 위에서 팔팔 끓어오르며 가슴속 슬픔을 가지고 올라왔다. 눈물이 흘렀다. 흐느꼈고, 통곡했다.

"나를, 나를 좋아하지 않아도 되는데……. 그냥 내가, 내가 좋아하게만 해 줘도 되는데……. 왜, 그것도 못 하게 하죠? 왜 그것도 못 하냐고요."

선배는 아무 말 없이 술잔을 비웠다. 내가 조금 진정되자 선배는 빈 잔에 술을 따르며 말했다.

"기종아, 네가 그녀에게 편지를 보낸 건 'Yes'와 'No'가 적힌 두 개의 공을 보낸 거야. 이미 충분히 편지로 마음을 전했어. 선택은 그녀의 몫이야. 넌 그녀가 어떤 공을 선택할지 기다리면 돼. 그녀가 어떤 선택을 하든 그것을 받아들이는 게 중요해. 그녀도 답장을 보내기까지 많이 고민했을 거야. 네 마음이 다치지 않도록 최대한 배려해서 썼겠지. 그녀에게 부담이 됐을 거야. 어떤 공을 선택할지 고민하고 있는데 계속해서 편지를 보낸 건 빨리 결정하라고 재촉하는 느낌이 들었을 테니까."

"어쩔 수 없었어요. 못 기다리겠는걸요."

"그래. 네가 최선을 다한 것처럼 그녀도 최선을 다한 거야. 누가 잘못한 게 아니야. 그냥 상황이 그렇게 된 거야. 너나 그녀가 고3이 아니었다면 달라졌을지도 모르지. 현재 상황이 그럴 수밖에 없었던 거야. 이런 상황에 그냥 좌절해 버리면 다음 기회는 없어. 우린 다음 기회를 기다리며 그냥 버티는 거야. 나도, 승배도, 너도 버티다 보면 기회는 온다."

그래, 누구의 잘못이 아니다. 나의 잘못도, 그녀의 잘못도 아니다. 그냥 이렇게 버티자. 승배는 집으로 떠났고, 선배는 조용히 혼자 술을 마셨다. 나는 술기운을 못 이겨 같은 말을 중얼거리며 쓰러져 잠들었다.

"내 잘못이 아니다, 그녀의 잘못도 아니다."

시간은 무섭게 흘렀다. 시간에는 가속도가 있다. 하늘을 나는 매가 토끼를 잡기 위해 사이클로이드 곡선을 그리며 내려가듯 고등학교 3학년 시간도 그렇게 대학 입학시험에 가까워졌다. 내가 치러야 할 대학 시험은 마지막 학력고사였다. 대학 수학 능력 시험으로 입시제도가 바뀔 예정이었다. 학력고사는 선지원 후시험 방식으로 지원 대학에서 시험을 보고 당락이 결정됐다.

대학 원서를 접수했다. 나는 D대 수학교육과, 승배는 K대 기계공학과를 지원했다. 주호 선배는 찹쌀떡을 선물로 주며 떨어지면 이곳에서 재수하라는 농담을 건넸다.

시험일은 12월 22일이었다. 새벽부터 모두가 긴장감으로 분주했다. 도시락을 챙겨 들고 대학교로 갔다. 대학 건물 앞에서 시험실을 확인

하고 있는데, 옆에 누군가 다가와 말을 걸었다.

"너, 기종이지?"

갑자기 말을 건네는 여학생을 보며 누군지 기억하려고 애썼다. 남중 남고를 졸업해서 아는 여학생이 없는데…….

"나 몰라? 초등학교 때 같은 반이었잖아. 졸업할 때까지 우리 집에 너 엄마랑 자주 와서 놀았었는데."

"아, 민경이구나. 잘 지냈어?"

초등학교 졸업 후 한 번도 만난 적이 없어 간신히 기억이 났다. 하지만 어머니끼리는 자주 연락하는 사이라서 간간이 민경의 소식을 듣곤 했었다.

"너 그대로다. 바로 알아보겠어."

"야, 너도 마찬가지야. 그냥 쪼금 늙었다."

"늙었다고? 오랜만에 만나서 좋은 말씀 고맙다."

"너 여기 지원했어?"

"응, 난 가정교육과야. 너는 수학교육과지?"

"어? 어떻게 알았어?"

"너희 엄마랑 우리 엄마랑 일 년에 한두 번씩 만나시잖아. 몰랐어? 그래서 가끔 네 소식 듣지."

"아, 그랬구나. 우리 둘 다 합격해서 같이 다니면 좋겠다."

"그러게. 그런데 너 미수 알지?"

머리, 마음, 몸 어딘지 모를 곳에 압축되어 작은 에너지 덩어리로 숨어 있던 그 이름이 불리는 순간 빅뱅이 일어났다. 손끝부터 조금씩 그 충격으로 떨려 왔다.

"나 미수랑 친구야. 나도 고등학교 수원으로 갔는데, 1학년 때 미수랑 같은 반이었어. 우린 광주에서 왔단 이유로 금방 친해졌지. 미수가 편지 받은 얘기했는데 이름 보니 너더라고. 나도 깜짝 놀랐어."

"아, 그랬구나."

"미수도 이 대학교 지원했어. 국어국문학과. 우리 같은 대학 가자고 약속했거든. 미수는 아마 인문대학 건물에서 시험 볼 거야."

이미 빅뱅의 충격은 온몸으로 퍼져 식은땀이 났다.

"너 괜찮아?"

"응. 그냥……."

"야, 들어가야겠다. 시험 잘 봐. 우리 합격해서 또 만나자."

몸이 잘 움직이지 않아 간신히 한 걸음씩 걸었다. 어지러웠다. 벽을 짚고 시험실로 들어가 자리를 찾아 앉았다. 머릿속은 텅 비었고, 모든 감각이 마비되는 것 같았다. 감독관이 들어왔고, 시험은 시작됐다. 집중이 안 돼 주먹으로 머리를 때렸다. 3월 모의고사 때가 생각났다. 또 머리를 때렸다. 집중해야 한다. 제발……. 멈출 듯한 호흡이 조금씩 되돌아왔다. 그새 1교시 시험 시간 반이 지났다. 1교시 시험만 그런 게 아니었다. 4교시까지 제정신이 아니었다. 어떻게 버텼는지 기억도 나지 않게 시험이 끝났다. 나가도 된다는 감독관의 말이 끝나자마자 먹지 못한 도시락이 든 가방을 메고 뛰어나갔다. 교문이 잘 보이는 곳을 찾아 나무 뒤에 숨었다. 시험을 마친 학생들이 나오자 교문 앞에서 기다리던 학부모들이 맞이했다. 교문 주변은 점점 많은 사람으로 뒤엉켰다. 그녀를 찾을 수 있을까? 인문대학 건물 쪽에서 오는 사람들을 놓치지 않으려고 눈을 크게 뜨고 지켜봤다. 그녀가 이미 나가 버린 건 아닐까? 시간을 확인하는데 손목시계 뒤쪽으로 민경이 보였다. 그리고 옆에 웃으며 함께 걷고 있는 그녀가 있었다. 숫자 0으로 이뤄진 원점답게 그녀는 주변을 사라지게 했다. 0에 어떤 수를 곱해도 0이 된다. 3년 만이다. 그녀를 시선에 잡아 두려고 눈도 깜빡이지 않고, 숨도 쉬지 않았다. 내 앞을 지나가며 시선을 가로막는 사람들 때문에 그녀를 놓칠까봐 초조했다. 민경과 그녀가 교문을 나가자 나는 멀찍이 떨어져 따라갔다. 두 사람은 버스 정류장에 서 있었다. 버스가 천천히 오길, 가능하다면 오지 않길. 버스는 무심하게도 금방 와서 두 사람을 태우고 떠났다. 버스가 떠나기 직전 뛰어가서 자리에 앉은 그녀의 얼굴을 봤다. 좋아 보였다. 기억하던 얼굴 그대로였다. 나는 미소를 지었고, 눈물이 흘렀다.

학력고사가 끝나고 일주일 후 겨울 방학을 했다. 독서실의 짐을 꾸려 집으로 가기 전에 주호 선배와 인사를 나눴다. 선배는 내게 책을 줬다. 사무실에 유일하게 있던 책 카잔차키스의 《그리스인 조르바》였다.

"선배, 이 책은 좋아하는 사람에게 선물 받은 거잖아요."

"그렇긴 한데, 이미 열 번 넘게 읽었어. 그리고 읽을 필요가 없어. 내가 호르바인 거 잊었어?"

"고마워요. 선배 생각하면서 꼭 읽을게요."

선배는 자신도 다른 일 찾아 이곳을 떠날 거라는 말로 나를 떠나보냈다. 연락처를 알려 달라는 내게 "인연이 있으면 만나겠지."라고 했다. 집에 와서 선배가 준 책의 표지를 펼쳤다. 속지에는 선물 준 사람의 짧은 글이 쓰여 있었다.

주호에게.

지금을 사랑하는 조르바처럼

지금의 너를 사랑하는 호르바가 되길 바란다. 민주 쌤.

좋아하는 사람이 주호 선배에게 '호르바'라는 별명을 붙여 줬다더니 민주 선생님이었구나. 선배에게 의미 있는 책은 내게 와서 그 의미가 더해졌다.

합격자 발표가 있는 날. 이미 새벽에 잠을 깼지만, 이불을 얼굴까지 덮고 온몸에 온기를 느끼고 있었다. 창호지를 바른 문은 겨울의 냉기를 막는다기보다 안팎을 구분하는 칸막이였다. 어머니가 연탄불을 갈았는지 바닥은 뜨겁게 열이 끓어올랐다. 시계를 보니 9시 50분이었다. 부모님은 일하러 가고 집에 나 혼자 있었다. 심장이 떨렸다. 10시가 되어 이불로 몸을 감싸고 일어나 앉았다. 가방에서 수험표를 꺼내 수화기를 들고 ARS 번호를 눌렀다. 연결되자 수험 번호와 우물 정자를 누르라는 안내가 나왔다. 수험 번호를 확인하며 버튼을 누르자 수화기 너머에서 음 하나씩 끊어서 답이 돌아왔다.

"안, 기, 종, 불, 합, 격, 입, 니, 다, 삐-."

잘못 들었나? 다시 전화를 걸어 수험 번호를 눌렀다. 같은 답이 돌아왔다. 고등학교 3년에 '불합격'이 한 글자씩 쪼개져 박히는 느낌이었다. 3년의 세월을 이렇게 단 세 글자로 간단하고 명확하게 정의할 수 있다니.

다시 이불을 머리까지 뒤집어쓰고 누웠다. 그녀는 어떻게 됐을까?

이제 어찌해야 할까? 그녀가 합격했다면 재수해서 그 대학으로 가야 한다. 그녀가 떨어졌다면……. 나도 모르겠다. 그렇게 잠이 들었다. 기억도 안 나는 꿈속에서 헤매고 있는데 어머니가 흔들어 깨웠다.

"여태 잔 거야? 오늘 한 끼도 안 먹었을 텐데 일어나 저녁 먹어."

한 일도 없이 피곤한 몸을 힘겹게 일으켰다. 찬물로 간신히 두세 번 얼굴을 문지르고 안방으로 갔다. 아버지는 식사 중이었고, 어머니는 나를 위해 밥과 국, 숟가락과 젓가락을 올려놓았다. 부모님도 오늘이 합격자 발표란 걸 알지만, 묻지 못하고 말없이 식사만 했다. 이미 분위기로 결과를 아실지도……. 합격했다면 그렇게 잠만 자고 있지 않았을 테니까. 그래도 말해야 했다.

"저 떨어졌어요."

아버지는 잠깐 멈칫하더니 계속 식사했다. 어머니는 숟가락을 내려놓고 근심스러운 표정으로 날 바라봤다.

"그래, 어쩔 수 없지. 이제 어떻게 할 거니?"

어찌해야 할지 어머니가 모르는 것처럼 나도 몰랐다.

"재수해야겠죠."

"일단 담임 선생님과 얘기를 좀 해 봐. 결과도 알려 드려야지."

"연락 없으면 떨어진 줄 아시겠죠."

아버지는 식사를 멈추고 뒤로 조금 물러나 앉았다.

"재수할 생각 말고 어디든 들어가라."

재수를 안 하고 선택할 수 있는 건 후기 모집 대학과 전문대뿐이었다. 아니면 취업하란 말씀인 건가? 대답이 없자 아버지는 일어나 밖으로 나갔다. 나는 그 대학에 가야만 했다.

며칠 후 민경이 전화를 했다. 자신도 그녀도 합격했다는 소식을 전했다. 그때부터 재수하기로 정하고, 기숙 학원을 알아보러 다녔다. 통장을 꺼내서 잔액을 확인했다. 학원 등록할 정도의 돈은 있었다. 대학 입학금에 보태려고 독서실 생활하며 어머니가 주신 용돈을 그대로 모은 돈이었다. 이 돈을 학원비로 쓰게 될 줄이야. 안방에서 아버지가 불렀다. 통장을 서랍에 숨기고 안방으로 갔다.

"여기 앉아 봐라. 엄마랑 함께 담임 선생님 만나고 왔다."

"네? 왜요?"

"담임 선생님과 의논했어. 후기 써라."

"싫어요. 재수할게요. 꼭 그 대학 가고 싶어요."

"한 가지 길만 고집할 필요 없다. 일단 쓰고 시험이라도 봐. 거기도 떨어지면 재수시켜 줄게."

"그래, 어차피 재수해도 3월부터 할 건데, 그때까지 집에서 그러고만 있지 말고 시험이라도 한번 봐봐."

어렵고 불편한 아들을 어쩌지 못해 담임 선생님을 찾아가셨다니, 못난 아들 때문에 마음고생하는 부모님에게 죄송했다. 아버지 친구들의 자식은 합격했다는 소식에 얼마나 속상하셨을까.

"네, 알았어요. 그럴게요."

"그래, 잘 생각했다."

1월 29일, 후기 모집 학력고사일. 담임 선생님과 상담하여 집에서 가까운 H대 수학과에 지원했다. 원서를 접수하긴 했지만, 떨어지길 바랐다. 시험 날 어머니가 싸 준 도시락도 챙기지 않았다. 시험장에 챙겨 간

것은 신분증, 수험표, 컴퓨터용 사인펜, 볼펜 한 자루였다. 주머니에 넣고 가방도 없이 갔다. 2교시가 끝나고 점심시간이 됐다. 시험실을 나와 학교 공중전화로 승배에게 전화를 걸었다. 승배는 이미 합격해서 예비 대학생으로서의 행복한 나날을 보내고 있었다.

"여보세요?"

"승배야, 나야."

"어? 뭐야. 너 오늘 시험 아냐?"

"맞아, 2교시 끝나서 나왔어. 너 지금 뭐 하냐? 나랑 놀자."

"미친놈."

"뭐?"

"너 지금 당장 들어가라. 4교시까지 시험 다 보고 끝나면 전화해. 술 사 줄게."

"야, 너 정말 이럴 거야? 의리 없는 놈. 대학생 되더니 변했다, 너."

"됐고. 내가 시험 끝나는 시간 맞춰서 학교 앞에서 기다릴 거야. 그때 나오지 않으면 평생 안 볼 줄 알아."

승배는 그렇게 협박하고 전화를 일방적으로 끊어 버렸다. 갈 곳 없어진 나는 다시 시험실로 들어가 자리에 앉았다. 다들 3, 4교시 공부하느라 책을 보고 있었다. 주호 선배가 준 책이라도 가져올 걸 하고 후회하며 책상 위에 엎드렸다. 시험이 끝나고 교문에서 승배를 찾았다. 한참을 기다려도 나타나지 않았다. 공중전화로 가서 전화를 걸었더니 승배가 받았다.

"야, 너 뭐야. 왜 네가 전화를 받아. 여기 온다며."

"거길 왜 가냐? 내가 그렇게 한가한 줄 알아? 그리고 오늘 얼마나 추운데."

"뭐야, 너. 거짓말한 거야?"

"시험 다 봤지? 그러면 됐지 뭐. 나 바쁘니까 끊는다."

"야, 이……."

입에서 욕이 나오기도 전에 승배는 또 일방적으로 끊었다. 다음에 만나면 가만두지 않겠다 결심하며 버스를 타고 집으로 갔다. 어머니는 날 보자마자 도시락도 안 가져가서 배고프겠다며 서둘러 밥상을 차렸다. 아버지는 안방에서 뉴스를 보며 아랫목에 앉으라고 자리를 양보했다. 뉴스에서는 입시 한파가 심했다는 소식을 전했다. 엉덩이부터 올라오는 방바닥의 열기와 입으로 들어가는 갓 지은 밥의 온기로 얼었던 몸이 스르르 녹았다.

고정 관념

습기를 가득 머금은 바람이 비구름을 데리고 와서 길을 적셨다. 강한 바람 때문에 빗줄기가 옆으로 지나갔다. 도로 위를 달리는 차와 함께 비도 달렸다. 우산을 쓴 한 남자가 지나가는데 우산살이 부러질까 걱정스러웠다. 남자는 간신히 우산으로 머리만 가린 채 힘겹게 걸어갔다. 비바람을 상대로 싸우는 남자의 모습이 애처로웠다. 이런 날씨엔 카페에 손님이 더 없다. 모두 어디에 있는 걸까? 인도에는 사람이 없고, 도로에는 헤드라이트를 켠 차들이 지나갔다. 배달 오토바이가 시끄러운 소리를 내며 빗속을 위태롭게 달렸다. 오토바이 엔진 소리에 놀란 나뭇잎 하나가 날아와 창에 붙었다. 안녕? 너는 어디서 왔니? 그리고 어디로 가니? 나뭇잎은 바람에 조금씩 펄럭이며 질문에 대답했다. 나는 그냥 바람이 부는 대로 가는 중이야. 목적지가 어딘지는 몰라. 바람이 멈추는 곳, 나를 맞이해 주는 곳, 그곳이 목적지가 되겠지. 이젠 다시 가야 할 시간이야. 젖은 나뭇잎은 떨어져 날아갔다. 나도 시간의 흐름 속에서 어디로 가는지 모른 채 여기까지 왔다. 이 카페는 나뭇잎이 그랬듯 내가 잠깐 들렀다 가는 곳일지도 모르겠다. 시간에 몸을 맡기면 마지막으로 머물 곳에 도착하겠지. 그곳에서 누구와 함께 있을까? 지금 이곳에선 저 녀석과 있다. 그래도 혼자가 아니라서 다행이다.

"기종 삼촌."

좀 전에 건물주는 상혁을 맡기고 갔다. 바나나맛우유를 마시지도 않은 채 스마트폰으로 게임을 하던 상혁은 재미가 없는지 날 불렀다.

"왜 이리 사는 게 재미가 없죠?"

터져 나오려는 웃음을 간신히 참았다. 그래, 왜 어른만 사는 게 재미없겠냐. 어리다고 항상 재밌을 수만 있는 건 아니니까.

"상혁아, 사실 나도 그래."

"저는 꿈이 없어요. 하고 싶은 것도 없고."

"괜찮아, 네 나이엔 그냥 재밌게 놀면 돼. 그러다 보면 하고 싶은 일이 생길 거야."

"재미가 없다니까요."

"아, 그랬지. 미안."

상혁은 나와 얘기해 봐야 별거 없다고 생각했는지 화장실로 갔다. 건물주 손자라서 잔소리할 수도 없는 내 위치를 생각하며 책꽂이에서 보드게임 하나를 꺼냈다. 가끔 수업 시간에 학생들과 함께하던 '루미큐브'였다. 화장실에서 나온 상혁은 탁자 위에 널브러진 숫자 타일들을 보고 관심을 가졌다.

"이건 루미큐브야. 해 본 적 있니?"

"아니요, 처음 봐요. 저도 할 수 있어요?"

"숫자만 셀 수 있으면 할 수 있어. 여기 앉아 봐. 내가 가르쳐 줄게."

인생에 재미가 없다던 녀석이 관심을 가져서 다행이다. 상혁에게 게임 방법을 설명했다. 상혁은 어렵다면서도 게임을 이어 나갔다. 두세 번 해 보고 요령을 터득했는지 게임을 하자고 했다.

"나랑 게임 해 봐요."

"좋지. 우리 내기할까?"

"에이, 아직 실력 차이가 큰데 어떻게 내기를 해요."

역시 보통 녀석이 아니다. 보드게임으로 그동안의 설욕을 갚아 주려 했는데 아쉬웠다.

"그러면 할머니가 오실 때까지 네가 한 번만 이겨도 이긴 것으로 해 줄게. 어때?"

"좋아요. 해요."

"그러면 내기는 뭐로 할까?"

"배고프니까 자장면 내기해요."

"너 돈 있어?"

"그 정도는 있어요. 엄마가 출근할 때마다 주고 가는데 거의 쓸 일이 없어 그냥 가지고 있거든요."

안 그래도 배고팠는데 잘됐다. 모두 이겨 주겠어. 우리는 게임을 시작했다. 자장면을 시켜 먹으면서도 게임을 계속 진행했다. 화장실에 갈 때도 상대가 내 패를 볼까 봐 서로를 데리고 함께 갔다. 아직 게임의 요령을 완전하게 터득하지 못한 상혁은 계속 질 수밖에 없었다. 하지만 빠르게 지쳐 가는 건 나였다. 시계를 보니 게임을 시작한 지 두 시간이 넘었다. 왜 건물주는 안 오는 걸까? 피곤해서 슬슬 눈꺼풀이 내려왔다. 반면 무한 체력을 가진 초등학생답게 상혁은 생생했다. 오히려 시간이 지날수록 요령이 늘어서인지 상혁은 눈에 생기가 돌았다. 인생에 재미가 없다던 녀석이 재미를 찾은 듯했다. 이 지루한 게임을 끝내는 방법은 하나였다. 내가 지는 것.

"가게 문을 닫아야 하니까 이번이 마지막이다."

"아직 할머니도 안 오셨는데요?"

"곧 오시겠지. 그리고 문 닫기 전에 정리도 해야 하고."

"알았어요."

상혁은 마지막이라는 말에 신중하게 게임을 진행했다. 빨리하라고 재촉하면서도 어떻게 져야 상혁이 기분 나쁘지 않을까 고민했다. 드디어 상혁이 숫자를 맞추어 가지고 있던 타일을 모두 내려놨다. 상혁이 이겼다. 나는 놀랍다는 연기를 하며 손뼉 쳤다. 상혁은 신이 나서 자장면값을 내라고 말했다. 이미 냈거든. 놀랍게도 건물주는 그 순간에 상혁을 데리러 왔다. 건물주는 신난 상혁을 보고 기분이 좋은지 "우리 강아지, 잘 있었어?"라며 반가움을 표시했다.

"삼촌, 저 이거 주세요."

"그래, 어차피 아무도 안 해. 그 대신 다음에 나랑 또 내기 한 판 하는 거야. 그땐 안 봐줄 거야."

"삼촌이 일부러 져 준 거 알아요. 오늘부터 이거 연습할 거예요. 두고 보세요. 다음엔 제가 한 번에 이길걸요."

역시 애어른답다. 상혁은 할머니 손을 잡고, 보드게임 상자를 팔에 낀 채 카페를 나갔다. 그런 상혁의 뒷모습을 바라봤다. 조금이나마 재미를 찾아 다행이네. 어린 녀석에게 인생이 재미없다는 것은 무슨 의미였을까? 초등학교 6학년인 상혁에게 다가올 시간은 즐거움과 설렘이 아니라 그냥 버팀일까? 인생이 재미없다는 걸 할머니나 부모가 아닌 내게 털어놓을 수밖에 없었을 상혁의 마음을 생각하니 가슴이 아팠다. 1부터 13까지 적힌 네 가지 색깔의 타일을 맞추며 상혁의 불분명했던 생각들이 명확해졌을까? 숫자 타일 하나씩 맞출 때마다 상혁의 눈이 빛났다. 상혁이 버텨나갈 미래에 숫자 타일처럼 분명한 방향과 길이 있길 바랐다. 더불어 여기저기 흩어진 타일 묶음 같은 내 인생에도 연속된 숫자들로 이어줄 조커 타일이 나타나길 바랐다.

쉬리가 나누고파 모임에 오지 않았다. 아침에도 파란색 운동복을 입은 쉬리는 보이지 않았다. 모임 규칙상 의무적으로 출석해야 하는 것은 아니니 계속 기다릴 필요가 없었다. 어르신은 쉬리가 앉던 자리가 더 편한데도 그곳에 앉지 않고 비워 뒀다. 어머니는 자신의 자리가 상석인 듯 양보했지만, 어르신은 앉던 자리가 편하다고 원래 자리를 고집했다. 나누고파 모임에서는 자신이 막내라며. 우리는 각자가 편하게 생각하는 위치가 있다. 한 번 위치를 잡으면 금방 익숙해져 바꾸기 쉽지 않다. 나는 고등학생 때 항상 같은 자리에 앉았다. 운동장 쪽 벽 중간 기둥의 바로 뒤쪽을 좋아했다. 그곳은 눈에 띄지 않는 어중간한 자리였다. 무엇보다 창문을 통해 편하게 하늘을 볼 수 있었다. 야간 자율 학습을 하던 중 우연히 어두운 하늘을 쳐다보다 별똥별이 떨어지는 걸 본 적도 있었다. 소원을 빌 시간도 없이 떨어졌다. 단체 사진을 찍을 때는 항상 왼쪽 뒤에 섰다. 학창 시절 앨범을 보다가 초중고 단체 사진에서 같은 자리에 서 있는 걸 확인하고 놀랐다. 수면 아래 숨겨진 빙산의 무의식이 몸을 그 자리로 이끌었고, 그런 행동들이 지금의 나를 만들었다.

"아가씨는 안 오시나?"

어르신은 쉬리의 부재에 마음이 쓰이는지 빈자리를 자주 바라봤다.

"오일러 님은 안 오시나 봐요. 우리끼리 얘기하도록 하죠. 오늘은 수학자가 아닌 고정 관념에 관해 얘기해 보려고 해요."

"수학이랑 고정 관념은 잘 안 어울리는 것 같은데."

원장님은 의아한 표정으로 말했다.

"맞아요. 좀 안 맞죠? 우선 이거 하나씩 받으세요."

종이를 잘라서 만든 삼각형을 하나씩 나눠 줬다.

"삼각형이에요. 자, 첫 번째 질문입니다. 삼각형은 영어로 뭘까요?"

갑작스럽게 영어를 묻는 말에 다들 당황했다. 나는 잠깐 뜸을 들이고 힌트를 줬다.

"어릴 때 연주했던 악기 중 하나에요."

어머니는 옛 기억을 떠올리며 대답했다.

"탬버린."

"땡! 아니고요. 삼각형 모양으로 생긴 악기 있었잖아요."

"아, 그거. 그래, 그거."

어르신도 어머니도 원장님도 생각이 났지만, 입에서 맴돌기만 할 뿐 답을 말하지 못했다. 그때 답답하다는 듯이 이어폰을 귀에서 빼며 여중생이 말했다.

"트라이앵글이요."

"딩동댕. 와, 대단한데. 그러나 상품은 없습니다."

"헐."

우리는 여중생을 칭찬하며 재밌어했다.

"자, 그러면 두 번째 질문입니다. 삼각형 세 각의 합은 얼마일까요?"

"정답! 180도. 내가 그 정도는 알지."

원장님은 자신 있게 오른팔을 높게 들며 대답했다.

"딩동댕. 잘하셨어요. 역시 도형에 강하시군요."

"자, 그러면 증명해 볼까요? 나눠 드린 삼각형을 뾰족한 부분이 남게 세 조각으로 찢어 보세요."

시범을 보이며 종이를 세 조각으로 찢었다.

"예쁘게 찢지 않아도 되니 그냥 이런 식으로 막 찢으세요."

조심스레 조금씩 찢는 세 사람과 다르게 여중생은 한 번에 쭉 찢었다.

"뾰족한 부분 세 개를 이렇게 한곳에 모아 보세요. 그러면 일직선이 됩니다."

"와, 그러네. 이렇게 해 보면 간단히 알 수 있는 걸 학교 다닐 땐 왜 그냥 외우라고만 했는지……."

원장님의 말에 어르신이 동감했다.

"재밌네. 뭔가를 알아가고 깨우치는 건 흥미로운 일이야."

"아직 끝이 아닙니다. 유명한 퀴즈 하나 낼게요. 이건 좀 어려워요."

모두 나를 쳐다봤다. 호기심을 가득 품은 여중생의 눈과 마주쳤다. 여중생의 눈을 처음으로 자세히 봤다. 큰 눈을 가졌구나. 낯설지 않은 눈빛이었다. 과연 무엇이 이렇게 예쁜 눈을 가진 여중생의 마음을 닫게 했을까? 여중생은 어서 말하라고 재촉했다.

"이 퀴즈는 헝가리 수학자인 포여 죄르지가 만든 겁니다. 어떤 사냥꾼이 자기 집에서 1㎞ 남쪽에 있는 곰을 발견합니다. 사냥꾼이 남쪽 1㎞를 갔더니 곰이 동쪽으로 도망을 갔어요. 사냥꾼은 동쪽 1㎞ 지점에서 곰을 잡습니다. 잡은 곰을 끌고 북쪽 1㎞로 갔더니 사냥꾼의 집이 나왔습니다. 곰의 색깔은?"

모두 무슨 문제가 그렇게 엉뚱하냐는 표정이었다. 내 말에 따라 탁자에 손가락으로 아래쪽, 오른쪽, 위쪽으로 선을 긋던 여중생은 갈 곳을 잃은 듯 그대로 멈췄다.

"에이, 그게 뭐예요. 문제가 이상한데?"

여중생은 정답이 있는지 확인했다.

"정답은 있습니다. 문제를 다시 한번 말씀드릴게요."

문제를 천천히 다시 말했다.

"나는 기권."

"나도 기권."

"에이, 나도 기권."

어르신, 어머니, 원장님이 차례로 기권을 선포했다. 여중생만 뭔가 이상하다는 듯 고개를 갸웃거리며 손가락으로 선을 그어댔다. 아무래도 의심스러운지 다시 물었다.

"이거 답 있는 거 맞아요? 확실한 답이? 괜히 난센스 그런 거 아니죠?"

"응, 확실히 있어."

"남쪽, 동쪽, 북쪽인데 어떻게 집이지?"

"오, 좋은 접근이야. 그 이유를 알면 곰의 색을 맞출 수 있지."

"혹시 사냥꾼이 부자라서 집이 1㎞가 될 정도로 큰 거 아닐까요?"

나는 여중생에게 엄지를 들어 보이며 상상력을 칭찬했다.

"자, 이 문제의 답은 다음 모임 때 알려 드릴게요."

다들 궁금하다며 답답해했지만, 숙제라고 말하고 탁구공과 네임펜을 하나씩 나눠 줬다. 탁구공을 하나씩 받아들고 의아해하면서도 테이

블에 탁탁 튕겨 보며 재밌어했다.

"나눠 드린 펜 있죠? 그것으로 탁구공 위에 점 세 개를 찍으시고, 그 세 점을 직선으로 연결해 보세요."

여중생은 점과 선으로 웃는 얼굴을 그리더니 눈높이로 들어 눈싸움하듯 바라봤다. 만족스러운지 탁구공에 그려진 얼굴처럼 미소를 지었다. 모두 공 위에 삼각형을 그리기 쉽지 않아 비뚤배뚤 선을 그었다.

"다 그리셨으면 보여 주세요. 누가 가장 잘 그렸나요?"

어머니는 삼각형이 안 만들어졌고, 어르신은 억지로 삼각형을 만들려고 하다 보니 사각형이 됐다. 여중생은 너무 작게 그렸다.

"가우스 님이 가장 잘 그리셨네요. 역시 빵 만드시는 분이라 꼼꼼하시네요."

원장님은 기분이 좋아져 싱글벙글했다.

"자, 가우스 님의 삼각형을 다 같이 볼까요? 저 삼각형의 세 각의 합은 얼마일까요?"

"180도요."

이번엔 여중생이 빠르게 대답했다.

"땡, 아닙니다. 자세히 보세요."

원장님은 공을 돌려 자세히 들여다봤다.

"그러게, 180도보다 큰 거 같은데?"

"어디 줘 봐요."

여중생도 받아 들더니 자세히 들여다봤다.

"칸토어 님, 어때?"

"잘 모르겠지만, 180도는 아닌 거 같아요."

어머니도, 어르신도 원장님의 탁구공을 차례로 들여다봤다.

"네, 맞아요. 탁구공이 작아서 확실히 판단이 안 될 수도 있지만, 수박을 생각해 보세요. 어릴 적에 수박이 잘 익었나 확인하기 위해서 칼로 삼각형으로 조각을 파냈던 기억이 나요. 잘라낸 삼각형 모양의 수박 껍질을 보면 세 각의 합이 180도보다 큰 걸 알 수 있어요."

"뭐지? 그럼 우리가 배운 180도라는 건 뭐야?"

"그건 평면 위의 삼각형이에요. 우리가 학교에서 배운 삼각형은 모두 평면 위의 삼각형인 거죠. 하지만 우리는 어디에 살고 있죠?"

"지구."

이번엔 어머니가 빠르게 대답했다.

"맞아요. 지구. 지구는 공 모양이잖아요. 그런 것을 구면이라고 해요. 구면에서는 삼각형의 세 각의 합이 180도보다 커요."

"그동안 속고 산 느낌인데."

어르신은 혼란스러운 표정을 지었다.

"우리는 구면에 살면서 평면처럼 인식해 온 거죠. 지금 말씀드린 것을 비유클리드 기하학이라고 해요."

사람들은 비유클리드 기하학이라는 말에 인상을 찡그렸다.

"그건 모르셔도 돼요. 그냥 우리는 구면에 살고 있다는 걸 인식하면 돼요. 당연하게 생각하던 게 그렇지 않을 수도 있다는 거죠. 그리고 이게 공의 색을 맞히는 힌트입니다."

원장님은 잊었던 숙제가 생각나서 괴로워했고, 여중생의 눈은 빛났다. 마음을 열어 준 여중생이 고마웠다.

모임이 끝나고 어머니는 남아서 뒷정리를 도왔다. 설거지를 마치고 수건으로 손을 닦는 내게 어머니가 다가왔다.

"삼촌 입원하셨다."

병문안 가라는 뜻을 포함한 말이었다. 가기 싫었다.

"나랑 아버지는 내일 가기로 했다."

"저는 안 갈래요. 두 분이 다녀오세요. 그런데 어디가……?"

"뭐, 술병이지. 그렇게 매일 술을 마시니."

그렇게 당하고도 삼촌을 걱정하는 어머니의 모습에 화가 났다.

"삼촌이 술만 먹으면 우리 집에 와서 난리 치는데 이사라도 가지 그러셨어요. 저는 주정을 다 받아 주는 아버지가 미웠어요. 집에 있기 싫었어요. 그래서 고등학생 때 독서실에서 생활했던 거예요."

"알고 있다."

"아무리 동생이라도 그 정도면 인연을 끊고 살아도 되는 거 아니에요?"

"아버지로서는 어쩔 수 없었어. 여기가 고향인데 어딜 가겠니. 그리고 아버지에게는 동생이잖니. 동생이 싫다고 어떻게 모른 척할 수 있겠어. 네 할아버지가 일찍 돌아가셔서 아버지가 장남으로 집안을 책임지다 보니……."

"저는 자식이잖아요. 저를 위해서 인연을 끊고 멀리 이사 갈 수는 없었나요? 아버지에겐 아들보다 동생이 더 소중한 건가요? 카페 열고 아버지 한 번도 와 보지 않으셨어요."

"그렇게 간단한 게 아니다."

그때 누군가 카페 안으로 들어왔다. 요란하게 종소리가 났을 텐데 주방에서 얘기 중이라서 듣지 못했다. 쉬리였다. 쉬리는 우리의 대화가 끝나길 기다리는지 가만히 서 있었다. 쉬리를 발견한 나는 반갑게 인사했다.

“오일러 님, 왔어요? 오늘 모임에 안 오시길래 우리끼리 했어요. 어쩌죠? 지금 끝나서 다들 가셨는데.”

지금 문 닫고 가려는 중이라고 말하려는데 어머니가 내 팔을 잡아끌었다. 순간적으로 당기는 힘에 나는 뒷걸음쳤고, 어머니는 쉬리 앞으로 나갔다.

“어서 와요. 이쪽으로 앉아요. 뭐 좀 마실래요?”

어머니는 눈빛으로 내게 신호를 보냈다.

“그래요. 커피 한잔해요.”

“그냥 물 한 잔 주실래요.”

자세히 보니 쉬리의 안색이 좋지 않았다. 이상한 분위기를 바로 눈치챈 어머니의 능력에 놀라워하며 컵에 물을 따랐다.

“오늘 안 와서 걱정했네. 뭐, 별일은 없었던 거죠? 오늘 평소 복장이랑 달라서 처음에 못 알아봤네.”

‘어머니, 그게 평소 복장이에요.’ 물을 건네고 어머니 옆에 앉았다.

“혹시 무슨 일 있어요? 얼굴이 영 안 좋네.”

쉬리는 망설였고, 어머니는 대답을 기다렸다. 쉬리는 물 한 모금 마시고 말을 시작했다.

“오늘 시험 봤어요.”

“그래요? 무슨 시험?”

“공무원 시험이요.”

“그랬구나. 진작 알았으면 찹쌀떡이라도 선물할 걸 그랬네.”

어머니는 나를 봤다. ‘너도 몰랐니?’라고 묻는 눈빛이었다.

"그러게요. 고생하셨어요. 힘들었을 텐데."

"그런데, 왜 그래요? 시험을 못 봤어요?"

궁금했던 것을 어머니가 질문해서 고마웠다.

"시험을 못 보진 않은 거 같아요."

"근데 왜?"

"막상 시험을 보고 나니 여러 생각이 들어서요. 시험을 보고 집에 와서 쉬려고 누웠어요. 몸은 피곤한데 잠이 안 왔어요. 생각들이 꼬리에 꼬리를 물고 이어졌어요. 결국 잠을 못 이루고 누워만 있다가 바람 쐬려고 나왔어요. 한 시간 넘게 동네 놀이터에 있는 그네에 앉아 있다 오늘 모임이 있는 날이란 걸 떠올리게 된 거죠. 이미 모임이 끝난 걸 알았지만 혹시나 하는 마음에 와 봤어요. 집에 다시 들어가기도 싫고, 어디 갈 데도 없었거든요."

"잘했어요. 밥은 먹었어요?"

어머니다운 질문이다.

"아뇨. 그런데 배고프지 않아요."

"그래도 뭐라도 사 올까요?"

"그래, 그게 좋겠다. 우리도 저녁 안 먹었으니 같이 먹어요."

나는 카페 옆에 있는 분식집에 가서 떡볶이를 사 왔다. 어머니는 나무젓가락을 쪼개서 쉬리 손에 쥐여 주었다.

"어서 먹어요."

"잘 먹겠습니다. 누군가와 함께 떡볶이 먹는 게 참 오랜만이에요."

"떡볶이 안 좋아하는가 보네."

어머니의 걱정에 입에 떡볶이를 넣은 쉬리는 그렇지 않다는 뜻으로 젓가락을 흔들어 보였다. 그리고 빠르게 씹어 삼켰다.

"떡볶이 좋아하는데 같이 먹을 친구가 없었어요. 떡볶이를 먹고 싶으면 포장하거나 배달해서 혼자 먹었죠. 그렇게 먹는 떡볶이는 생각만큼 맛있지 않아서 항상 남겼어요. 그러다 보니 안 먹게 됐죠."

떡볶이 같이 먹을 친구가 없다고? 쉬리의 성격이 예사롭지 않다고 생각은 했지만 그렇다고 친구가 없을 정도라니. 쉬리는 나의 궁금증을 아는 듯 설명했다.

"저는 고등학교 때 공부를 잘했어요. 성적이 좋았죠. 3년 내내 전 과목이 1등급이었으니까요."

"우와, 오일러 님 대단하시네요. 올 1등급 처음 봐요. 교사로 있을 때도 그런 학생은 없었는데."

엄지척하며 말하자 쉬리는 부끄러워하며 말을 이었다.

"그렇나고 머리가 좋은 건 아니에요. 그냥 교과서를 외웠어요. 평소에는 공부를 거의 안 하다가 시험을 앞두고 모두 외워 버렸어요."

"설마 수학도요?"

"네, 수학도 문제와 풀이까지 다 외웠어요. 이해를 못 해도 시험을 잘 볼 수 있었죠."

"학교 시험은 그게 가능해도 수능 시험은 안 될 텐데."

"맞아요. 등급이 안 나와서 수능은 포기했어요. 그래서 주변에서 저를 '내신녀'라고 불렀죠."

"그러면 대학은?"

"안 갔어요."

"네? 내신이 올 1등급인데? 학교에서 그냥 두지 않았을 텐데요."

"난리였죠. 대학을 안 가겠다고 했을 때, 담임 선생님과 교감 선생님이 우리 집에 찾아와서 부모님과 상담도 했어요. 서울대에 원서라도 써 보자고."

"그럴 만도 하죠. 그런데 왜?"

"학교에 복수하고 싶었어요. 친구들을 잃었거든요. 고등학교 3년 내내 외로웠어요."

"그렇다고……. 후회하지 않아요?"

"대학 안 간 걸 후회하진 않아요. 대학을 갔어도 졸업 못 했을 거예요."

어머니와 나는 젓가락을 내려놓고 쉬리의 얘기를 들었다.

"저는 수석으로 고등학교에 입학했어요. 입학식 때 단상에 올라 신입생 대표로 인사말을 하고, 장학금도 받았어요. 그게 너무 싫었어요. 그냥 공부했을 뿐이고 운 좋게 1등을 한 건데 그 이유로 사람들 앞에 나서야 한다는 게 괴로운 일이었죠. 그때부터 선생님들에게 공부 잘하는 학생으로 인식돼 버렸어요. 친구들과 놀고 있으면 선생님들은 애들과 어울려 놀지 말고 그 시간에 공부하라고 했어요. 수업 시간에 엎드려 자면 다른 애들은 깨우면서 저는 그냥 뒀어요. 담임 선생님은 다른 애들에게 무관심하면서 저는 자주 불러 상담했죠."

"그래서 친구들이 떠나갔군요."

"네. 학교에서 저에게 관심을 줄수록 친구들은 한 명씩 떠났어요. 그런 학교가 너무 싫었어요. 자퇴를 생각했지만, 부모님 설득에 못 했어요. 3학년이 되자 선생님들이 앞다퉈 학과를 추천했어요. 그런 학과들은 졸업하면 돈 많이 벌 수 있다는 이유가 붙었죠. 그렇게 좋으면 지들이 할 것이지."

쉬리는 그때를 회상하며 화가 나서 언성을 높였다. 쉬리는 자신도 놀랐는지 미안해했으나, 어머니와 나는 속 시원해하며 웃었다.

"지난 모임에서 어르신이 제 눈빛에서 배고픔이 묻어난다고 했던 얘기를 듣고 깨달았죠. 아무도 내게 꿈이 뭐냐, 하고 싶은 게 뭐냐 물어본 적이 없다는 것을요."

"그래서 대학을 안 갔고, 졸업 후 공무원 시험을 준비한 거예요?"

"고등학교 졸업 후엔 패스트푸드점에서 아르바이트했어요. 그곳에서 전 아무것도 아니었어요. 그냥 실수 많은 알바생이었죠. 고등학교 땐 아무도 저를 무시하지 못했는데……. 교과서를 외우는 거 외에는 할 줄 아는 게 없다는 걸 깨달았죠. 하루는 가게에 선생님 한 분이 오셨어요. 절 알아보시더니 한심하다는 듯 공무원 시험이나 보라고 조언하시더라고요. 그 말 듣고 종일 기분이 나빴어요."

"원래 남 일은 그렇게 쉽게 말하지."

어머니는 답답했던지 물을 들이켰다.

"그러게요. 요즘 세상에 공무원 되기가 얼마나 힘든데."

어머니는 나를 흘겨봤다. '너는 남들 부러워하는 교사를 때려치웠잖아?'라는 말이 들리는 듯했다.

"그런데 웃긴 게 뭔지 아세요? 결국 그 선생님의 말대로 하고 있다는 거예요. 공무원 시험 준비하면서 맞는 옷을 입은 느낌이 들었어요. 책을 통째로 외우면 됐으니까요. 이런 제가 너무 싫었어요. 남이 가리키는 방향으로만 움직이는 제가 한심해요."

어머니는 쉬리의 두 손을 포개 잡았다.

"많이 힘들었겠네. 그동안 혼자 버티느라 고생했어요."

"고맙습니다. 대학을 포기한 후 위로하거나 응원해 주는 사람이 없었어요. 나누고파 모임에 외로워서 들어온 거예요. 무엇이든 얘기 나누고 싶었어요. 모임 하면서 친구가 생긴 느낌이었어요. 항상 기다려지고 설레었죠. 그래서 평소 안 입던 옷도 꺼내 입고, 화장도 했어요. 전 원래 밝은 사람이었는데, 왜 이렇게 됐는지 모르겠어요. 사람들은 제가 욕심이 없다고 해요. 그 말이 이해되지 않아요. 어릴 땐 욕심쟁이는 나쁜 사람이라고 배웠는데, 왜 지금은 욕심을 가지라고 하죠? 그냥 단순하게 살고 싶어요. 단지 그것뿐인데. 사는 게 왜 이리 복잡한지 모르겠어요."

나는 그동안 궁금했던 걸 질문했다.

"오일러 님, 우리가 수학자 이름으로 호칭 정할 때, 가장 먼저 오일러를 집으셨잖아요. 왜 그러셨어요?"

"음……. 수학 선생님이 해 줬던 얘기가 기억났어요. 오일러는 실명되면서까지 수학을 연구했다고 했어요. 그 열정이 부러웠어요. 어떻게 평생을 바쳐 수학 공부만 할 수 있죠? 전 제가 뭘 좋아하는지도 잘 모르겠는데."

"오일러 님도 충분히 열정적이에요. 만약 오일러가 이 시대에 태어났다면 절대로 올 1등급 못 했을 거예요."

쉬리는 수줍게 웃었다.

오일러는 수학사에 많은 업적을 남겼다. 20대 때 오른쪽 눈을, 60대 때 왼쪽 눈을 실명했다. 그런데도 76세로 죽을 때까지 수학 연구를 놓지 않았다. 오일러가 1783년에 사망했는데 아직도 남긴 기록을 정리하지 못했을 정도다.

수학에서 가장 아름다운 공식이라고 평가받는 오일러 공식이 있다.

$e^{i\pi}+1=0$

이 단순한 식에는 수학의 의미 있는 수들이 들어 있다. 자연수의 첫 숫자인 1, 정수의 기준이 되는 0, 약 2.72인 무리수 e는 자연로그의 밑이다. e가 무리수라는 걸 오일러(Euler)가 증명했고, 이름에서 기호를 따왔다. 원의 둘레나 넓이를 구할 때 쓰는 원주율 π. 제곱하면 -1이 되는 i는 허수 단위이다. 미국의 한 수학 잡지에서 많이 알려진 공식 24개를 제시하고, 그중에서 가장 아름다운 수학 공식을 고르기 위한 투표를 진행했다. 그 결과 오일러 공식이 최종 선택되었다. 이 공식이 최종 선택될 수 있었던 이유는 단순함 때문이다. 수학의 각 영역을 대표하는 값과 기본 연산으로 짧게 만들어진 이 공식은 단순해서 아름답고 신비롭다.

오일러는 쾨니히스베르크의 7개 다리 문제를 풀었다. 이 문제는 '한 다리를 두 번 이상 건너지 않으면서 7개 다리를 모두 건널 수 있는가?' 하는 질문이다. 아무도 풀지 못한 이 문제를 오일러는 불가능하다는 결론으로 답을 냈다. 오일러는 땅을 점으로, 7개 다리를 선으로 바꾸어 단순화시켰고, 그 방법으로 한붓그리기 법칙을 찾아냈다. 이 아이디어는 이후 위상수학, 푸앵카레의 추측으로 발전됐다.

복잡한 문제일수록 단순화시키는 과정이 필요하다. 단순하게 살고 싶다는 쉬리는 오일러처럼 문제들을 해결해 나갈 것이다.

황금비

후기 대입 시험을 마친 후, 불합격을 예상하고 재수를 준비했다. 기숙 학원에 들어갈지 소림독서실로 돌아갈지 알아보러 다녔고, 입학하기도 전에 선배들과 동기들을 만나느라 바쁜 승배와 가끔 당구를 치고 술을 마시며 시간을 보냈다. 그날도 승배와 시간을 보내고 저녁이 되어 집에 들어갔다. 부모님은 나를 반갑게 맞았다. 어머니는 내 팔을 잡아 안방으로 끌고 가며 합격 소식을 전했다. 합격했다고? 내 맘대로 되는 게 없구나. 다니고 싶은 대학은 떨어지고, 재수하고 싶은데 합격했다.

"너는 확인해 봤니?"

"아뇨. 오늘 합격자 발표날인지도 몰랐어요."

"그런 거 같아서 아빠가 직접 대학에 갔었다."

무심한 아들 대신 아버지가 추운 겨울에 고생하셨구나. 친구들과 당구장에서 자장면 시켜 먹으며 놀고 온 것이 죄송했다.

"왜 그러셨어요. 그냥 전화하면 되는데."

"네가 언제 올지도 모르고 궁금해서 참을 수가 있어야지. 그래서 아버지랑 갔다 왔어. 대학이 집과 멀지도 않잖아."

아버지는 재수를 고집하는 날 설득하기 위해 미리 어머니와 말을 맞추어 만반의 준비를 해 놨다.

"그냥 합격이 아니고 차석이래. 그래서 장학금도 나온대."

"에이 설마요."

합격했다는 사실도 믿기지 않았는데 장학금이라니. 시험 날 승배의 협박을 무시하고 그냥 나와 버렸어야 했는데. 차석으로 합격했다는 소식에 혼란스러웠다.

"재수해서 D대학교 가고 싶어요. 꼭."

"그것도 좋지만, 장학금도 나온다니 일단 다녀 봐라."

"그래, 한 학기만이라도 다녀 봐. 정말 못 다니겠다 싶으면 그때 재수해도 되잖아. 이런 말 하면 어찌 생각할지 모르지만, 엄마는 솔직히 장학금 아깝다. 현금으로 준대."

어머니의 말도 틀리지 않다. 대학 도서관을 이용할 수 있으니 비싼 기숙 학원보다 낫겠다 싶었다. 한편으론 이미 합격한 승배를 보니 부럽기도 했다. 빨리 대학 캠퍼스 문화를 즐기고 싶었다. 결국 H대학교 수학과 93학번 새내기가 되었다.

3월부터 시작된 대학 생활은 나를 그냥 두지 않았다. 매일 술자리가 생겼다. 대학 캠퍼스의 활기는 도서관의 출입을 허락하지 않았다. 개강하기 전 오리엔테이션부터 동기, 선배들과 친해졌고, 술에 취해 귀가하는 날이 많아졌다. 시험이나 축제 기간에는 이런저런 핑계로 집에도 안 가고 술을 마셨다. 선배의 자취방, 기숙사, 동아리방, 과방을 전전하며 아무렇게나 잤다. 잘 곳이 마땅치 않아 밤새 술을 마시기도 했다. 돈이 없어도 술을 마실 수 있었다. 학교, 단과대, 학과, 동아리 행사도 많고 5월엔 축제로 절정에 이르렀다. 캠퍼스에 비치는 5월의 햇빛을 놔두고 어둡고 칙칙한 강의실로 들어가는 건 봄에 대한 예의가 아니었다. 잔디밭에 누워 햇빛을 받으면 배는 따뜻하고 등은 시원했다. 술과 봄볕에 취해 잠이 들면 세상 부러울 게 없었다. 태평하게 자고 있으면 선배가 깨워서 밥을 사 줬다. 술 냄새를 풍기며 수업에 들어갔다가 교수님에게 욕먹고 내쫓기면 지나가는 선배를 붙잡아 또 술을 얻어먹었다. 학생증과 전공책은 이미 술집에 담보로 보관 중이었다.

애초 공부해서 D대학교를 가겠다는 계획은 잊힌 지 오래됐다. 그해 치러진 첫 수능 시험은 특이하게도 8월과 11월 두 번 실시되었고, 나는 학력고사보다 긴 '대학 수학 능력 시험'이라는 이름에 압도되어 재수를 포기했다. 재수를 포기하면서 이젠 그녀를 볼 수 없겠다는 생각이 들어 술을 더 마셨다. 술에 취하면 마지막으로 봤던 그녀의 옆모습이 아른거려서 울었다. 선배들은 기분 좋게 비싼 술 마시고 운다고 그런 나를 때렸다. 학기가 끝나자 분주했던 캠퍼스는 썰렁해졌다. 여름 방학을 맞이했으나 여전히 친구들과 술자리를 이어 갔다. 어느 날 늦은 밤 술에 취해 집에 들어갔더니 애처롭게 깜빡거리는 형광등 아래에서 아버지가 안주도 없이 술을 마시고 있었다.

"저 왔어요. 여태 안 주무셨어요?"

"이리 좀 와 봐라."

취한 아버지는 맞은편에 앉은 내게 종이 한 장을 건넸다. 대학에서 우편으로 온 학사 경고장이었다. 학점이 낮아 1차 경고하며, 2회 경고 시 제적된다는 안내 글이 적혀 있었다. 술자리에서 친구들과 했던 농담이 현실이 됐다.

"나 이번 학기에 권총 찼어."
"야, 나는 쌍권총이야."
두 녀석의 말을 듣고 있던 나는 자랑처럼 말했다.
"다들 입 다물어. 나는 무기 창고야."
그렇게 웃고 떠들었는데, 막상 경고장을 받으니 마음이 무거워졌다. 공부는 하면 되겠지만, 도대체 6개월 동안 무엇을 한 걸까? 술 취해서 집 마당 여기저기에 토해 놓고, 방 안 가득 술 냄새를 풍기며 자는 아들의 모습을 보면서 부모님은 어떻게 참고 기다리셨을까?
"아버지, 죄송해요."
"아니다. 그냥 재수시킬 걸……. 내 욕심만 부리다 너를 망쳤다."
아버지의 눈꺼풀을 가득 채운 눈물이 보였다. 아버지는 아들에게 눈물을 보이지 않으려고 애쓰며 말했다.
"그만 들어가 자라."
방에는 이불이 펴져 있었다. 벽에 걸린 거울을 보니 얼굴색이 까맸다. 어머니는 술독이 올라서 그렇다 했다. 매일 술을 마시는 바람에 간이 해독을 못 해서 까매진 거라고. 옷을 벗고 이불 속으로 들어가니 포근했다. 이불에서 엄마 냄새가 났다. 나와 주정하는 삼촌이 뭐가 다른가? 내가 한심했고, 마음이 아팠다. 그녀가 보고 싶었다.

여름 방학은 내내 무더웠다. 방학 동안 집 근처에 있는 공립 도서관에 다녔다. 추울 정도의 에어컨 덕분에 더위를 피하고, 책을 읽으며 알코올에 찌든 뇌를 깨끗이 씻었다. 가끔 친구들을 만나긴 했지만 되도록 술을 마시지 않았다. 뒤죽박죽이던 장기가 정리되고 죽었던 감각이 살아났다.

2학기를 맞았다. 대충 묶고 다니던 긴 머리는 깔끔하게 잘랐고, 면도도 했다. 1학기 내내 입었던 운동복은 버렸다. 술 마시다 잃어버린 후로 필요 없던 가방도 새로 샀다. 수업을 듣기 위해 강의실에 미리 가서 앉았다. 처음에는 선배들과 동기들이 날 보고 어색해했지만, 칭찬인지 놀림인지 모를 말을 한마디씩 하며 인사했다. 놀라긴 교수님들도 마찬가지였다. 산뜻하게 새 학기가 시작되어 기분이 좋았다. 개강한 지 한 달쯤 지나 동기로부터 학과장 교수님이 날 찾는다는 얘기를 들었다.

"저를 찾으셨다고요?"

"맞아, 기종이 2학기 땐 달라졌네. 나는 네가 자퇴할 줄 알았어."

"반성하고 있습니다."

"그래, 그래서 말인데 너에게 한 가지 일을 주려고 한다."

"네? 무슨 일을……."

"이번에 우리 수학과에서 학과 신문을 만들려고 해. 편집장을 좀 맡아 줬으면 하는데."

"저는 해 본 적도 없고, 능력이 안 될 텐데요."

"괜찮아, 못해도 돼. 시작하는 게 중요해. 우리 과에서 아무도 해 본 사람이 없는데, 누가 뭐라 하겠니? 처음부터 완벽할 수 없잖아."

"그런데 왜 저예요? 선배들도 많은데."

"2, 3학년 애들에게 물어봤더니 다들 너를 추천하던데. 기종이 네가 졸업한 선배들과도 잘 안다고."

"그거야 술을 자주 먹어서……."

"1학년이 그렇게 많은 선배를 아는 것도 능력이야. 그리고 입학할 때

장학금 받았지?"

"네."

"그러면 그 값을 해야지. 지난 학기 때 공부도 안 했잖아. 공부하라고 장학금 줬더니 술만 마시고."

"하겠습니다."

"그래야지. 그리고 혼자 하라는 거 아냐. 과 대표에게 말해 놨으니까 의논해서 같이 일하고 싶은 사람 몇 명 뽑아. 예산 지원되는 거니까 뭐 사거나 식사하면 영수증 챙겨서 조교한테 주고."

바로 학과 신문을 만들기 시작했다. 수학과답게 신문 제목도 '시그마'로 정했다. 과 대표와 의논해서 팀을 만들고, 각 지면을 어떤 내용으로 채울지 회의했다. 행사가 있으면 취재하고, 졸업한 선배들을 찾아가 인터뷰도 했다. 술만 마시던 때와 다른 대학 생활의 즐거움이 있었다. 2학기 종강을 한 달 앞두고 신문이 완성됐다. 인쇄된 신문을 손에 받아 드니 행복했다. 대학교 합격했을 때 느끼지 못했던 행복이었다.

신문을 들고 자연과학대학 건물 앞 잔디밭에 있는 벤치에 앉았다. 지난 학기에 자주 누워 있던 잔디밭이었다. 파랗고 높은 늦가을 하늘, 몸을 감싸는 따뜻한 햇볕, 간지럼 태우는 가벼운 바람. 완벽한 순간이었다. 신문을 한 면씩 살펴봤다. 1면에 '편집장 안기종'이라고 적혀 있고, 내가 쓴 글과 함께 사진이 실려 있었다. 마지막 면에 함께 고생한 사람들의 편집 후기가 있었다. 그중엔 내 한마디도 포함되어 있었다.

나를 보고 싶다. 그녀를 보고 싶다. – 안기종

이 순간을 그녀와 함께하면 얼마나 좋을까? 이 기쁨을 그녀와 공유하는 것만으로도 더 큰 행복을 누릴 수 있을 텐데. 그녀에게 신문을 보내야겠다는 생각이 들었다. 바로 학생회관 안에 있는 우체국으로 뛰어갔다. 신문을 잘 접어 포장했다. 어디로 보내야 할까? 집? 학교? 잠깐 고민한 후 '받는 사람'에 그녀의 대학, 학과, 이름을 적었다. 그녀가 받을 수 있을지는 알 수 없었다. 이렇게 보내는 것으로 만족했다. 고등학생 때 독서실에서 그녀에게 편지를 보내며 설레던 마음이 되살아났다. 이 느낌 참 오랜만이네. 기분 좋다.

2학기가 종강하고 겨울 방학으로 들어섰다. 당연히 2학기 성적은 1학기에 비해 매우 우수했다. 한 과목만 B를 받고, 나머지는 A를 받았다. 아버지는 성적표를 보고 아무 말 하지 않았다. 성적엔 관심이 없고, 단지 학사 경고가 아니라는 것, 그래서 제적당하지 않아도 된다는 것에 만족했다. 극과 극의 두 학기를 보낸 새내기 시절이 끝나고 새해가 됐다. 1월 13일, 전화가 왔다.

연일 계속되는 추위에 나갈 생각도 못 하고 이불을 덮고 빈둥거리다 전화 한 통으로 모든 게 달라졌다. 별일 없이 늦잠 자고 이불 속에서 온기를 지키고 있었다. 전화벨이 울리는데 아무도 받지 않았다. 그렇다면 집에 나 혼자라는 뜻이다. 받을지 말지를 고민하고 있는데 다행히도 다섯 번 정도 전화벨이 울리더니 끊겼다. 다시 마음 편히 이불 속으로 들어갔다. 10분쯤 지났을까? 잠이 들려는데 다시 전화벨이 울렸다. 계속 전화가 온다는 건 뭔가 급한 일이거나 중요한 일이었다. 귀찮아하며 간신히 몸을 일으켰다. 간직한 온기를 뺏기고 싶지 않아 덮고 있던 이불을 몸에 돌돌 말아 마루로 나가 전화를 받았다.

"여보세요?"

"기종이니? 나야, 미수."

지금 뭘 들은 거지? 아직 꿈인가? 덮고 있던 이불을 팽개쳤다. 찬 기운이 옷의 모든 구멍으로 파고들더니 금세 몸도 옷도 얼려 버렸다. 추워서 언 건지, 그녀의 목소리에 굳은 건지 알 수 없었다. 정신 차리고 무슨 말이라도 해야 했다.

"어, 안녕."

목이 잠겨 어설픈 소리로 인사했다.

"잘 지냈지? 갑자기 전화해서 미안해."

"아니, 아니야, 괜찮아."

"혹시 내일 시간 되니?"

"어……."

상황 파악이 안 돼 감탄사도 대답도 아닌 말을 내뱉었다.

"내일 2시쯤 커피숍 블루마운틴에서 만날래?"

"그래."

"그럼 그렇게 알고 끊을게. 내일 보자."

"응."

통화를 하는 동안 뇌는 이진법으로만 작동했다. 입력되는 값에 '예' 또는 '아니오'로 출력됐다. 이게 무슨 일인가? 전화기를 멍하니 바라보다 추위에 정신이 돌아왔다. 이불을 들고 방으로 돌아와 뇌를 십진법으로 업그레이드시켰다. 신문을 받았구나! 책임감 넘치는 우편집배원에게 무한한 감사를 표했다. 우리 집 전화번호는 어떻게 알았지?

약속 시간은 2시지만, 나는 한 시간 전에 도착했다. 행정 구역이 읍인 광주에도 유행에 맞춰 커피숍으로 불리는 커피 전문점이 생기기 시작했다. 우리 동네에는 커피숍이 두 개 있었고 그중 하나가 '블루마운틴'이었다. 블루마운틴은 3층 건물 맨 위층에 있었다. 지하에는 노란색 별이 크게 그려진 간판을 단 '별다방'이 있었다. 두 곳 모두 커피를 파는데, 서로 역할이 다르다는 듯 상하 대칭을 이루며 별다방은 지하로, 블루마운틴은 꼭대기 층으로 나눠 공존하고 있었다. 1층에는 김밥집이, 2층에는 당구장이 있었다. 건물 앞에서 추위와 싸우며 그녀를 기다렸다. 추웠지만, 늦는 것보다 기다리는 게 마음 편했다. 잔뜩 움츠려 있는데 멀리서 걸어오고 있는 그녀가 보였다. 못 본 지 오래됐지만, 그녀를 금방 알아챌 수 있었다. 그녀는 0의 위력으로 주변을 사라지게 했다. 그녀는 고개 숙인 채 내 앞을 지나 계단으로 올랐고, 나는 일정한 간격을 유지하면서 뒤따랐다. 블루마운틴 안에는 손님이 많지 않았다. 그녀는 한적한 곳에 자리를 잡았고, 나는 맞은편에 앉아 그녀가 고른 커피를 두 개 주문했다.

"잘 지냈어?"

"응, 너도 잘 지냈지?"

"응."

"신문 잘 받았어."

"그랬구나."

"네가 쓴 글 다 읽어 봤어."

"그래? 잘 못 썼지?"

"아니야."

주문한 커피가 나왔고, 그녀도 나도 한 모금 마셨다. 따뜻함이 몸속으로 흘렀지만 나는 이미 긴장해서 땀을 흘리고 있었다.

"그런데, 어떻게 갑자기 전화하게 됐어?"

"그냥 한번 만나 보고 싶었어."

고마워, 정말 고마워. 그녀는 기억 속 그대로의 모습이었다. 그녀의 기억 속에 내가 존재했다는 것이, 용기를 내준 것이 고마웠다. 고마움에 격해서였을까? 나는 더는 말을 하지 못했다. 하고 싶은 말, 듣고 싶은 말이 많았는데, 그녀가 앞에 있는 것으로 다 소용없어졌다. 침묵이 흘렀다. 김이 모락모락 나던 커피는 그대로 식어 갔다. 그녀는 자리에서 일어났고, 나도 따라 일어났다. 그녀는 커피숍을 나와 계단을 내려갔고, 나는 일정한 간격을 유지하며 따라 내려갔다. 그녀는 정류장에서 버스를 기다렸고, 나는 옆에 섰다. 버스가 와서 그녀는 탔고, 나는 떠나는 버스를 바라봤다.

그녀는 나에게 충분조건이지만 필요조건은 아니다. 그녀와 나는 서로 필요충분조건이 될 수 없다. 그녀가 존재하고, 날 기억해 준 것으로 행복했다. 그녀가 나를 위해 존재할 필요는 없다. 내가 그녀를 위해 할 수 있는 것은 오로지 그리움뿐이다. 그녀를 내 삶에 필요조건으로 만들고자 했던 바람은 욕심이었다. 블루마운틴에서의 첫 만남은 내가 그녀의 부분집합이 될 수 없음을 일깨웠다. 그녀의 존재와 침묵만으로 내 위치를 알게 했다.

그녀를 만난 후 며칠째 방에만 있었다. 그녀에게 보낼 편지를 쓰고 지우고 반복했다. 내 마음을 어떻게 표현해야 할지 몰랐다. 길게 설명해 봐야 구차했다. 미안하다는 말로 시작했다. 4년 동안 그리움이 얼마나 컸는지, 그녀가 다가갈 수 없이 바라보기만 해야 하는 밤하늘의 별처럼 느껴지는 마음을 적어 보냈다. 편지를 보내고 열흘 후 답장이 왔다. 그녀는 고맙고 미안하다 했다. 그리고 갑자기 연락하게 된 이유를 설명했다.

어느 날 그녀는 친구들과 수업을 듣기 위해 이동 중이었는데 한 남학생이 장미 다발을 들고 무릎을 꿇으며 고백했다. 그는 곧 군대 가는데 이 장미를 받아 주면 가벼운 마음으로 갈 수 있다고 했다. 아무나 받을 수 없는 고백에 감동해서 꽃다발을 받으려고 했다. 그 순간 그녀는 잊고 있던 나를 떠올렸다. 중학교 3학년 때부터 자신을 좋아해 준 사람이 있다는 것을 기억했다. 지금 자신 앞에 있는 남자의 꽃다발을 받으면 평생 미안한 마음을 가지게 될까 봐 받지 못했다. 그 후로 내가 생각나고 궁금했는데, 집 주소나 전화번호도 모르고 자신을 잊었을지도 모른다는 걱정에 연락할 수 없었다. 그때 내가 보낸 신문을 받았다. 1면에 실린 내 사진을 봤고, 편집 후기를 보고 아직도 자신을 좋아하고 있다는 사실에 전화할 용기가 생겼다. 집 전화번호는 민경을 통해 알게 됐다고 한다.

그녀는 나만 괜찮다면 서로 연락하며 친구로 지내고 싶다고 했다. 내가 첫눈에 그녀를 사랑하게 됐다고 그녀에게 사랑을 원한 건 욕심이었다. 주호 선배의 말대로 공은 그녀에게 넘어갔다. 어떤 공을 선택할지는 그녀의 마음이다. 그녀가 'Yes'가 적힌 공을 선택한 건 아니지만, 'No'를 선택한 것도 아니었다. 편지 끝에 추신이 있었다.

PS. 2월 28일 오전 11시, 블루마운틴.

그녀의 말대로 친구가 되기로 했다. 나는 원점을 중심으로 맴도는 원이 될 것이다. 때론 거리가 가까워지기도, 멀어지기도 하며 타원을 그리겠지만, 포물선이나 쌍곡선처럼 영영 멀어지는 일은 없길 바랐다. 그러기 위해선 그녀와 일정한 거리를 유지하려는 노력이 필요했다. 약속 시각에 맞춰 블루마운틴으로 갔다. 그녀는 먼저 도착해서 커피를 마시고 있었다. 인사하고 자리에 앉으려 하자 그녀는 바로 일어나 나가자며 밖으로 나갔다. 버스 정류장에 도착해서 그녀는 어리둥절한 내게 어딜 가는 건지 말했다.

"우리 놀이공원 가자."

"갑자기?"

"놀이기구 좋아해? 나는 엄청 좋아하는데."

좋아하지 않는다. 땅에서 두 발이 떨어지는 것만으로도 공포를 느꼈다. 하지만 어떻게 싫다고 하겠는가.

"뭐, 그냥. 타면 타지."

버스를 타고 놀이공원에 도착했다. 사람이 많길 바랐다. 줄을 서서 한 시간 이상 기다리길 바랐다. 그러나 항상 바람대로 되는 건 없었다. 겨울이고 오전이라서 그런지 놀이공원에는 사람이 많지 않았고, 인기 있는 놀이기구도 한 차례만 기다리면 탈 수 있었다. 그녀는 놀이기구를 맘껏 탈 수 있어 신났고, 나는 그녀가 신나서 신났다. 그녀는 눈에 보이는 순서대로 놀이기구를 탔다. 롤러코스터, 바이킹과 같이 무서운 놀이기구만 골라 탔다. 심지어 한 번으로 만족 못 한다며 두 번씩 탔다. 도대체 사람들은 오늘 여기 오지 않고 다 어디 있는 걸까? 내 몸을 포기했다. 그녀가 이끄는 대로 따라가다 보면 어느새 안전바를 걸치고 놀이기구에 묶여 있었다. 기계에 묶인 몸이 자유낙하 상태가 되면서 몸무게는 0으로 수렴했다. 무중력의 상태에 놓인 몸속의 장기는 각자의 위치에서 독립하여 멀미인지 어지러움인지 표현할 수 없는 이상한 괴로움을 남겼다.

그녀를 바라봤다. 이제 탈 만큼 탔겠지? 그녀는 끝판왕이 남았다며 나를 끌고 갔다. 드롭 타워가 버티고 서 있었다. 하버트 조지 웰스의 소설 《우주전쟁》이 생각났다. 드롭 타워에서 울려 퍼지는 기계 소리와 사람들의 고함은 지구를 침공한 외계인에게 공격당하는 장면의 배경음처럼 들렸다. 지구의 박테리아에 감염되어 외계인이 죽어 가듯 맥없이 멈춘 기계에서 풀려난 사람들은 출구로 나왔다. 곧 우리 순서가 다가왔다. 그녀는 앞에 서서 "와, 재밌겠다."라고 반복해 말했다. 나는 탈지 말지를 고민했다. 우리 순서가 다가왔을 때 결정했다.

"미안한데, 나는 못 타겠어."

결국 그녀 혼자 기계에 묶였다. '이발사의 역설'처럼 '그녀를 위해 죽을 수는 있어도 이 놀이기구는 탈 수 없다.'라는 '기종의 역설'을 만들었다. '이발사의 역설'이란 이렇다.

한 마을의 이발사는 주민들에게 선언한다. '앞으로 나는 자기 수염을 스스로 깎지 않는 모든 사람의 수염을 깎아 줄 것이다. 다만, 스스로 깎는 사람은 깎아 주지 않겠다.' 그렇다면 이 이발사의 수염은 누가 깎아 줘야 할까?

'기종의 역설'을 증명해 보이겠다는 결의를 다지며 그녀에게 집중했다. 그녀는 즐거운 마음에 올라가는 입꼬리를 주체하지 못하고 나를 향해 손을 흔들었다. 나도 손을 흔들었다. 그녀는 기둥 따라 빙빙 돌며 하늘로 올라갔다. 4년 전 처음 봤을 땐 파란 하늘에서 내려오듯 다가오더니 지금은 그곳으로 되돌아가는구나. 선녀는 나무꾼을 겁쟁이라고 생각해서 다시 하늘로 떠났다. 맨 꼭대기까지 올라가더니 멈췄다가 요란한 기계음을 내며 뚝 떨어졌다. 그녀는 두 팔을 위로 벌리고 소리 질렀다. 선녀는 하늘로 올라가지 못했다. 그녀의 가방이 내 팔에 걸려 있기 때문이다.

버스에 나란히 앉은 그녀가 바깥을 내다보며 말했다.

"재밌었어? 힘들었지?"

"아니, 재밌었어. 놀이공원 오랜만에 갔어."

사실 힘들었다. 그리고 다시는 안 가길 바랐다.

"너와 친해지려면 놀이공원이 가장 좋겠다고 생각했어. 네 의견을 묻지도 않고 가서 미안해."

"괜찮아."

비록 놀이공원을 좋아하지 않지만, 그녀의 의도는 맞아떨어졌다. 우리는 줄 서고 이동하면서 많은 얘기를 나눴다. 그동안 서로에게 알지 못했던 것들을 조금씩 알게 됐다.

그녀는 수학을 못한다. 수학을 잘했다면 더 좋은 대학에 갈 수 있었을 거라고 했다. 나는 국어를 못한다. 국어를 잘했다면 그녀가 다니는 대학에 합격했을 것이다. 그녀는 한여름인 8월 밤에 산부인과에서 태어났다. 나는 한겨울인 12월 아침에 외가 사랑방에서 태어났다. 그녀는 주로 시를 읽는다. 나는 소설을 읽는다. 그녀는 영화와 게임을 좋아하지 않는다. 나는 영화와 게임을 좋아한다. 키아누 리브스와 산드라 블록이 주연한 영화 〈스피드〉를 긴장하며 재밌게 본 나와 다르게 그녀는 코를 골며 잠으로써 이 사실을 증명했다.

그녀에 대해 많은 것을 알지 못하면서도 사랑에 빠질 수 있다는 게 신기했다. 그나마 알게 된 건 나와 달랐다. 하지만 다른 점들은 그녀에 대한 사랑을 저버리는 이유가 되지 못했다. 더하기가 있어 빼기가 있고, 곱하기가 있어 나누기가 있다. 양수가 있어 음수가 있고, 지수함수가 있어 로그함수가 있다. 어떤 함수가 일대일대응이면 역함수가 유일하게 존재한다. 다르다는 것은, 특히 상반된다는 것은 틀린 것이 아니라 공존해야 하는 이유다. 그녀의 다름은 나의 사랑을 존재하게 했다. 하지만 아직 부족했다. 접점을 찾아야 한다. 접점은 많은 교점으로 가기 위한 시작이다.

2학년 1학기가 시작됐다. 분주하게 피어나는 봄꽃과 함께 캠퍼스에 활기가 넘쳤고, 후배로 들어온 신입생도 활기를 더했다. 작년에 이어 학과 신문 편집장을 맡았다. 신입생 중 편집부원을 모집하고 MT를 갔다 왔다. 매화, 산수유, 벚꽃, 목련, 개나리, 진달래가 줄지어 피었다. 꽃들은 피보나치수열에 맞춰 황금비를 품고 피어났다. 황금비는 약 1:1.62인데, 황금처럼 귀하고 비싸다는 것이 아니라 자연 속에 숨어있는 아름다운 비율이라는 뜻이다. 피보나치수열은 1, 1, 2, 3, 5, 8, 13, 21,……과 같이 앞의 두 항을 더해서 만들어진다. 앞의 수로 뒤의 수를 나누면 그 값이 황금비에 가까워진다. 자연은 이 수열을 따른다. 매화, 벚꽃의 꽃잎이 다섯 개이고, 세잎클로버는 많지만 네잎클로버는 찾기 힘들다. 슬픈 전설을 품은 찔레꽃이 은은한 향을 풍기며 피어날 때면 봄꽃의 축제가 끝나고 대학생의 축제가 펼쳐졌다.

그녀와 나는 각자의 학교에서 바쁘게 지내다 주말이 되면 블루마운틴에서 만났다. 우린 블루마운틴에서 끝까지 마시지도 않는 커피를 시켜 놓고 이런저런 화제로 수다를 떨며 시간을 보냈다. 그녀는 학교 축제에 나를 초대했다. 그녀가 초대한 대학은 ARS 기계음으로 나의 불합격을 알려 줬던 곳이지만, 초대를 거절할 수 없었다.

약속한 날 수업을 마치고 D대학교로 갔다. 그녀는 버스 정류장에서 기다리고 있었다. 대입 시험을 마치고 버스에 오른 그녀를 보기 위해 내가 서 있던 그곳이었다. 그녀는 버스에서 내리는 나를 반갑게 맞았다. 1년 전 그녀를 보기 위해 숨어서 기다리던 교문으로 함께 들어갔다. 불합격한 학교라서 그런지 출입하면 안 될 것 같은 느낌이 들었다. 그러나 옆에 그녀가 있었다. D대학교 교문 안에선 그녀가 보호자로 느껴졌다. 캠퍼스 안은 이미 시끄러운 음악 소리, 벽과 나무에 매달린 홍보물, 바닥에 붙어 있는 화살표로 가득했다. 그녀는 내가 시험 봤던 사범대 건물 앞으로 갔다. 그곳에 주점이 설치돼 있었다. 이미 학생들이 삼삼오오로 모여 술을 마시며 떠들고 있었다. 한 곳에서는 "한 박자 쉬고, 두 박자 쉬고, 세 박자마저 쉬고, 하나 둘 셋!"을 외치자 신입생으로 보이는 여학생이 조용필의 〈일편단심 민들레야〉를 불렀다. 눈을 꼭 감고 떨리는 목소리로 노래하는 그녀의 얼굴은 부끄러움과 술기운이 합쳐져 불타올랐다. 우리는 빈자리를 찾아 앉았다. 나는 노래를 끝까지 귀 기울여 듣고 손뼉을 쳤다. 노래를 마친 여학생은 밀린 숙제를 한 것처럼 후련해하며 선배가 따라 주는 술을 받았다. 주문을 받기 위해 앞치마를 두른 민경이 다가왔다.

"기종아! 왔구나."

"뭐야, 여기서 일하는 거야?"

"여기 우리 과 주점이야. 가정교육과."

"그동안 잘 지냈지? 그때 보고 처음이네."

"그러게. 내가 미수한테 너 데리고 오라 했어. 잘했지?"

"응, 고마워."

"너희 집 전화번호 알려 준 사람도 나야. 너희 잘되면 나한테 한턱 쏴야 한다."

그녀는 민경에게 쓸데없는 소리 한다는 눈치를 주고, 뭐 먹을지 물었다. 내가 고민하자 그녀는 자기가 사겠다면서 가장 비싼 제육볶음을 시키려 했다. 고기를 먹지 않는 나는 급하게 말렸다.

"그냥 달걀말이 먹을게."

그녀는 나를 한동안 지긋이 쳐다봤다. 나는 뭘 잘못했나 싶어 눈동자를 이리저리 굴리며 눈치를 봤다. 그녀의 입꼬리가 조금씩 올라가고 앞니가 보이더니 소리 내 웃었다. 그녀는 혼자 그렇게 웃은 후 의자를 당겨 앉으며 상체를 앞으로 숙여 얼굴을 가까이 디밀었다. 나는 갑작스러운 행동에 몸을 뒤로 뺐다. 그녀는 내 눈을 빤히 쳐다보며 말했다.

"지금 뭐라고 했어?"

"어? 뭐? 내가 뭐 잘못했어?"

"아니, 조금 전에 뭐라고 했냐고. 다시 말해 봐."

"달걀말이 먹는다고."

"그래, 바로 그거야. 신기해."

"뭐가 신기한데?"

"달걀말이."

나는 '달걀말이'를 신기해하는 그녀의 표정이 재밌어서 '풉' 하며 웃었다.

"저기 메뉴판에 계란말이라고 쓰여 있는데, 왜 달걀말이라고 했어?"

"그냥. 왜, 그러면 안 돼?"

"아니, 사랑스러워서 그래."

달걀말이가 사랑스러운 단어라니, 처음 듣는 소리였다. 그녀의 입에서 사랑이란 단어가 나오니 행복했다.

"내 주변에서 계란이 아니라 달걀이라고 말하는 사람은 네가 처음이야. 나도 항상 달걀이라고 하는데, 그렇게 말하는 사람이 없어서 외로웠거든."

그녀의 눈에는 사랑이 가득했다. 그 사랑을 자세히 보고 싶어 상체를 앞으로 내밀며 그녀 얼굴에 내 얼굴을 가까이 댔다. 조금만 더 다가가면 닿을 듯.

"야야, 너희들 뭐 하는 거야? 손님 여기서 이러시면 안 됩니다."

소주병을 들고 온 민경은 플라스틱 탁자가 휘청거리게 내려놓았다. 우리는 의자에 등을 기대며 앉았다.

나는 평소 '달걀'이라고 하지 않는다. 날계란, 삶은 계란, 계란프라이, 계란말이라고 한다. 그런데 왜 그렇게 말했는지 모르겠다. 매일 일기장에 수호천사가 존재한다면 그녀가 날 사랑하게 해 달라고 썼다. 수호천사는 몇 년간 관심도 없다가 존재를 부정하려 하자 갑자기 정신 차리고 자신의 존재를 증명하고 싶었나 보다. 고등학교 때 사랑의 표현을 담은 많은 편지를 보내도 소용이 없던 사랑의 금고가 뜻밖의 두 글자 '달걀'로 열리다니. 어려운 고차 방정식을 풀 수 있는 하나의 해를 찾은 느낌이었다. 달걀을 시작으로 닮은 점을 발견하며 우리가 되었다. 우리는 맥주보다 소주를 좋아한다. 우리는 산보다 바다를 좋아한다. 우리는 영화 〈그대 안의 블루〉를 보지 않았지만, 김현철과 이소라가 부른 노래를 좋아한다. 우리는 비행기를 한 번도 타본 적이 없다. 결정적으로 우린 같은 X염색체를 가지고 있다. 나는 색약이고, 그녀는 보인자다. 우리의 공통점이 느는 만큼 빈 소주병도 늘었다.

그녀를 집까지 바래다줬다. 그녀는 나란히 걸으며 갈림길이 나오면 왼쪽이나 오른쪽을 손가락으로 가리켰다. 하지만 나는 어느 방향인지 알고 있었다. 그녀가 너무 보고 싶을 때면 한 시간 정도를 걸어 그녀의 집 앞까지 오곤 했다. 우연히 잠깐이라도 볼 수 있지 않을까 하는 마음이었다. 하지만 한 번도 볼 수 없었다. 그녀의 집 앞에 도착했다.

"기종아, 오늘 즐거웠어. 바래다줘서 고마워."

"나도 즐거웠어. 잘 자."

아무 말 없이 서로 바라봤다. 그녀는 다가와 입을 맞추고, 빠르게 뒤돌아 집으로 들어갔다. 나는 그냥 서 있었지만, 몸을 이루는 세포들이 정신없이 움직였다. 버스를 타는 대신 한 시간을 걸어 집으로 왔다. 내 인생에서 가장 행복한 시간이었다. 그날은 5월 21일이었다. 5와 21은 모두 피보나치수열의 숫자다. 우린 황금비를 품은 사랑을 시작했다.

여중생

나는 허허벌판에 서 있었다. 바람도 없이 적막했다. 시간이 멈춘 걸까? 저 멀리 불꽃이 보여 천천히 그곳으로 갔다. 가까이 가서 보니 집이 타고 있었고, 불 속에 누가 있었다. 잘 보이지 않아 더 가까이 가려고 했지만 열기 때문에 그러지 못했다. 어쩔 수 없이 잔뜩 인상을 찡그리며 자세히 보려고 집중했다. 아, 삼촌이 불 속에서 몸부림치고 있었다. 나는 망설임 없이 불 속으로 뛰어들었다. 삼촌은 구해 달라고 외쳤다. 불길을 뚫고 들어갔는데 삼촌이 멀어졌다. 다시 불길을 뚫고 들어갔지만, 거리가 좁혀지지 않았다. 어쩌지 못해 몸부림치다 잠에서 깼다.

일주일이 지났는데 꿈이 생생한 기억으로 남아 마음이 무거웠다. 개꿈인가? 환기를 위해 카페 창문을 열고 있는데 핸드폰 진동이 울렸다. 탁자 위에서 울리는 진동이 무섭게 느껴졌다. 심장도 함께 떨리기 시작했다. 진동은 전화한 사람의 급한 마음을 반영하듯 짧게 울리고 끊어졌다. 핸드폰을 천천히 집어 들어 확인했다. 화면에는 '부재중 전화, 아버지'라고 떠 있었다. 꿈이 현실이 되는 걸까? 아버지에게 전화를 거니 발신음이 울리자마자 연결됐다.

"저예요. 전화하셨어요?"

"삼촌 돌아가셨다."

장례식장 위치만 묻고 전화를 끊었다. 슬픔, 아쉬움, 그리움, 안타까움과 같은 느낌이 없었다. 지금 느끼는 감정이 뭔지 알 수 없었다. 아무 감정이 없었다. 누군가 죽었는데 이렇게 감정이 없을 수 있을까? 집에 들러 옷을 갈아입고 검은색 넥타이를 맸다. 퇴직 후 처음 입는 정장이었다. 장례식장에 도착하니 빈소가 차려져 있었다. 나는 향을 피우고 잔에 술을 가득 따라 영정 사진 앞에 놓았다. 절을 올리고 영정 사진을 바라봤다. 삼촌은 뭘 증명하고 싶었을까? 기억 속 삼촌의 첫 모습은 술에 취해 있었다. 그다음 기억도 그랬다. 술을 통해 수학적 귀납법으로 무엇을 증명하려 했는지 모르겠지만, 삼촌은 실패했다. 삼촌은 퇴원 후 술을 또 마시면 위험할 수 있다는 의사의 말을 증명했을 뿐이다. 아버지가 다가왔다.

"네가 상주 좀 해야겠다."

생각지 못했던 일이다. 그러고 보니 삼촌은 자식이 없고, 조카 중에 내가 첫째였다. 내 의견은 무시된 채 이미 결정된 일이었다. 어머니는 두 줄의 완장을 내 왼팔에 끼워 핀으로 고정했다. 저녁에 일가친척과 삼촌의 친구 몇 명만 왔을 뿐 조문객은 거의 없었다. 아버지는 안쪽 구석에 있는 탁자를 차지하고 혼자 술을 마셨다. 나는 맞은편에 앉아 아버지의 빈 잔에 술을 따랐다.

"저도 한 잔 주세요."

평소 혈압이 높아 술을 마시지 않는 아버지는 오늘은 어쩔 수 없는지 취해 있었다.

"식사는 하셨어요?"

"응, 너는?"

"안 배고파요."

"그래도 먹어."

"이따가 먹을게요. 술 그만 드세요. 혈압 때문에 힘들어하시면서……."

"그래야지."

"조문객도 없는데 어머니랑 집에 가서 쉬세요. 제가 있을게요."

"미안하다. 그동안 삼촌 때문에 힘들었지?"

나는 아무 말도 하지 못했다. 그렇다고도 아니라고도 말하기 힘들었다.

"아버지에게 여동생이 있었다. 살았으면 너한테는 고모가 됐겠지."

"처음 듣는데요."

"그럴 거야. 네 할아버지는 내가 중학생일 때 돌아가셨어. 돌아가시기 전에 동생들을 잘 돌보라고 하셨는데……."

아버지는 술을 마시고, 빈 잔에 술을 따르려 했다. 나는 술병을 뺏어 탁자 아래 내려놓고 종이컵에 물을 따랐다.

"그만 드시고, 물 좀 드세요."

아버지는 물을 한 모금 마셨다. 종이컵을 잡은 아버지의 손가락 하나가 떨리고 있었다. 손등의 검버섯이 애처롭게 흔들렸다.

"나 때문에 여동생이 죽었다. 그 일이 있은 지 60년이 지났는데 아직도 자려고 누우면 자꾸 떠올라."

아버지는 오래전에 있었던 일을 힘겹게 말했다. 아버지는 친구들과 서울 구경하러 가기 위해 집을 나섰다. 그 당시 초등학교 2학년이던 여동생이 같이 가고 싶다고 떼를 썼다. 아버지는 억지로 동생을 떼어 내고 버스에 올랐다. 친구들과 서울 구경하고 집에 왔을 때 여동생은 없었다. 버스 정류장에서 오빠를 기다리며 놀다가 버스에 치인 것이다.

"동생을 잘 돌보라고 부탁하셨는데……. 남은 동생은 꼭 지키고 싶었는데 결국 또 나보다 먼저 보내게 됐어."

아버지는 마른 얼굴 위로 마른 눈물을 흘렸다. 그리고 마른 손으로 눈물을 닦았다. 내가 본 아버지의 두 번째 눈물이었다. 첫 번째 눈물은 이렇게 늙지 않았었는데. 주머니에서 손수건을 꺼내 아버지에게 드렸다.

삼촌의 장례를 치르느라 카페 문을 닫은 김에 며칠 더 쉬며 부모님과 시간을 보냈다. 장례를 마치고 집에 돌아온 후 아무도 삼촌 얘기를 하지 않았다. 원래 없었던 사람처럼 지워지고 잊히길 바랐다. 장례식장에서 어떤 조문객이 '호상'이라는 말을 했다. 과연 호상이란 게 존재할까? 오래 살았다고, 질병 없이 죽었다고 복된 죽음이라 할 수 있을까? 죽는 과정은 누구에게나 고통일 텐데. 그 말은 죽은 이가 아닌 산 사람의 판단이다. 살아 있는 내게 삼촌의 죽음은 호상일까? 지금까지 현실과 꿈속에서 날 괴롭혔던 주정의 광기는 사라졌다.

계단을 올라오니 카페 문에 노란색 포스트잇이 하나 붙어 있었다. 그곳에는 연필로 '흰색'이라고 적혀 있었다. 여중생이 붙인 것을 바로 알 수 있었다. 답을 찾았구나. 다음 나누고파 모임 때까지 기다릴 수 없었던 모양이다. 문을 여니 안쪽 바닥에 편지가 있었다. 봉투에는 어떤 글씨도 적혀 있지 않았다. 여중생이 두고 간 건가? 편지를 탁자 위에 놓고 창문을 열었다. 시원한 바람이 급하게 밀고 들어와 묵은 공기를 밀어냈다. 커피 한 잔을 내려 자리에 앉았다. 봉투 입구는 하트 스티커로 봉해져 있었다. 그것만으로도 기분이 좋아져 입꼬리가 올라갔다. 하트가 찢어지지 않도록 살살 뜯어냈다. 컴퓨터 워드로 작성해서 출력한 편지였다.

안녕하세요?
딸을 맡겨 놓고 이제야 인사드립니다.
우선 감사하다는 말씀을 드리고 싶습니다. 진심으로 감사합니다.
사장님 덕분에 우리 딸이 많이 좋아졌습니다.
이젠 말도 많이 하고, 잘 웃기도 합니다.

여중생의 엄마였다. 한 것도 없이 감사 편지를 받으니 기분이 좋기도 했지만 부담되기도 했다.

사장님께 말했는지 모르겠는데, 얼마 전 딸이 학교 수학 수행 평가에서 만점을 받았습니다. 수학자 칸토어를 조사해서 발표했다더군요. 모임에서 '칸토어 님'으로 불려서 어떤 수학자인지 찾아봤는데 왠지 자신과 처지가 비슷했다고 해요. 도서실에서 관련된 책도 빌려 봤는데, 때마침 수학 수행 평가와 맞은 거죠.
딸이 중학생 돼서 수행 평가 만점 받은 게 처음이에요. 무척 기뻐하고 자랑했는데, 제가 더 기뻤어요. 울기까지 했을 정도로.
어제는 사장님이 낸 퀴즈를 풀었다고 소리 지르며 좋아하더라고요. 제게 설명했는데 어려워서 이해는 못 했지만, 그렇게 신난 모습을 너무 오랜만에 봐서 행복했습니다. 딸이 밤늦게 답을 말하러 카페에 간다는 걸 다음 날 가라고 간신히 말렸습니다.

여중생이 첫 모임에 왔을 때를 떠올렸다. 어두운 얼굴로 무관심하게 앉아 있었는데, 그러고 보니 많이 변했다. 오랜 생각 끝에 문제를 풀어낸 여중생이 기특했다. 다음 모임에서 칸토어에 대해 말해 달라고 부탁해야겠다. '우리 딸이 마음을 닫은 건 아빠가 죽은 3년 전부터였어요.'라는 문장을 시작으로 여중생의 아픈 과거가 길게 적혀 있었다.

여중생은 초등학생 때부터 아빠와 자주 캠핑을 다녔다. 두 사람은 가을 캠핑을 계획했는데 캠핑장을 예약하지 못했다. 아빠는 딸이 실망할까 봐 사람이 많이 없고, 별이 잘 보이는 강원도 노지를 찾아냈다. 계절이 가을이고 산 아래여서 해가 지니 추웠다. 텐트 안에 기름 난로를 켜고, 안전을 위해 환기구를 열어 놓고 일산화탄소 경보기도 준비해서 잤다. 새벽에 아빠가 머리가 깨질 듯이 아파 일어나 보니 그을음이 가득했다. 딸을 깨웠으나 반응이 없어 병원에 가기 위해 조수석에 태웠다. 아빠는 급한 마음에 헤드라이트도 켜지 않고 달렸고, 일산화탄소 중독으로 어지러웠다. 산길을 간신히 내려와 도로를 달리다 급커브 길에서 나무에 충돌했다. 다행히 지나가던 차가 발견해서 119 신고로 응급실에 갔지만 아빠는 죽고, 딸은 살았다. 사고 때 딸은 안전띠를 매고 있었다. 딸은 이틀이 지나서 의식을 찾았으나, 아빠의 죽음을 알게 된 후부터 완전히 달라졌다. 항상 무표정했고 말도 하지 않았다. 엄마는 아빠의 모든 캠핑 장비를 처분했고, 엄마의 반대에도 불구하고 딸은 전문 캠퍼가 되고 싶어 했다. 핸드폰에 불편하게 달고 다니는 카라비너는 유일하게 남은 캠핑 장비였다.

어린 나이에 힘든 기억을 품고 버텼을 여중생을 생각하니 마음이 아팠다. 여중생이 왜 캠핑 영상을 그리 열심히 봤는지 이해할 수 있었다. 편지 끝부분에 부탁의 말이 적혀 있었다.

> 한 가지 부탁이 있습니다. 딸이 이제라도 수학 공부하고 싶다고 합니다. 기초가 부족해서 어찌해야 할지 모르겠습니다. 학원보다 사장님이 가르쳐 주시는 게 좋겠다고 생각했습니다. 바쁘시겠지만 조금이라도 시간 내서 가르쳐 주실 수 있을까요? 부담을 드려 죄송합니다.

자신이 없었다. 가르치는 일을 안 하겠다고 결심하며 퇴직했다. 일찍 퇴직한 이유 중 하나도 가르침에 대한 좌절 때문이었다. 교실에서 내 말은 허공을 떠도는 메아리였다. 자신감 넘치던 때도 있었지만 시간이 지날수록 수업은 고통이 반복되는 지옥이 됐다. 발산하는 등비급수처럼 학생과 급격하게 멀어졌다. 나는 점점 나이 들고, 학생은 그대로 열일곱, 열여덟, 열아홉 살이었다. 몸과 마음이 지쳐 아무도 듣지 않는 수업을 간신히 하고 교실을 나올 때, 교생이 찾아와 학교 과제라며 질문했다.

"선생님의 교육 철학을 말씀해 주세요."

그때 교육 철학이 없다는 걸 깨달았다. 나는 교사 자격증을 가진 사람이지 가르칠 자격을 갖춘 교사가 아니었다. 이 짓을 그만하기로 했다. 누굴 가르치는 건 내가 할 일이 아니다. 여중생에게 다른 선생님을 찾아보라고 말해야겠다.

건물주는 갑자기 약속이 생겼는지 카페에 손자를 밀어 넣고 급히 갔다. 상혁은 상자 두 개를 들고 있었다. 모두 루미큐브였다. 하나는 내가 빌려준 것이고, 다른 건 새것으로 크고 고급스러웠다. 상혁이 온 이후 두 무리의 손님이 왔다. 상혁은 항상 앉는 안쪽 자리에서 말없이 나를 보기만 했다. 노려보고 있는 건가? 웃으며 눈인사를 했지만, 녀석은 눈을 깜빡이지도 않고 쳐다봤다. 손님 응대를 마치고 상혁을 마주 보며 앉았다.

"잘 지냈어? 새로 샀구나. 좋아 보인다."

상혁은 한마디 대꾸도 없었다. 상혁은 상자를 열고 숫자 타일들을 정리하고 나눴다. 부모님의 원수라도 만난 것 같은 저 진지한 표정은 뭐지? 녀석은 대뜸 게임을 시작했다. 그렇다면 너의 도전을 받아 주지. 시간이 지날수록 우린 게임에 점점 집중했다. 카페 안에 울리던 라디오 소리도, 손님들이 떠드는 소리도 희미해져 갔다. 첫판이 끝났다. 내가 이겼다. 확실히 녀석의 실력이 늘었다. 마지막 기회를 놓쳤다면 상혁이 이겼을 것이다.

"와, 실력 많이 늘었네."

여전히 말이 없다. 녀석은 억울함이 가득 묻은 얼굴로 두 번째 판을 준비했다. 하지만 두 번째 판도 내가 이겼다. 이제 나는 봐줄 생각이 하나도 없다. 상혁은 계속 말없이 게임을 거듭했다. 말없이 할 수 있다는 게 이 게임의 매력이다. 시끄럽게 소리를 외치거나 크게 움직이지 않아도 게임을 진행할 수 있다. 그런 이유로 내가 이 게임을 좋아하듯 상혁을 좋아한다. 상혁도 평소 말이 없다. 기껏 한다는 말이 '사는 게 재미없다.'였다. 이제 사는 재미를 조금 찾았나? 이기고 싶어서 집중하느라 잔뜩 찌푸린 얼굴이 귀여웠다.

"그만할래요."

열 번을 계속 진 상혁은 패배를 그렇게 인정했다. 향상된 실력을 칭찬했지만, 들은 척도 하지 않았다. 기지개하며 보니 손님들은 없었다. 탁자 위에 빈 잔들이 어수선하게 놓여 있었다. 상혁은 정리된 게임 상자를 가만히 바라보더니 상자를 들고 나가려 했다.

"어디 가? 할머니 오실 때까지 여기 있어야지."

"제가 어린애로 보이세요? 집에 가서 잘 거예요."

녀석, 피곤할 만도 하지. 뇌를 쓰는 게 얼마나 피곤한 일인데. 그러고 보니 나도 피곤했다. 설거지를 마치고 앉으니 졸음이 몰려왔다. 잠깐 탁자에 엎드렸는데 바로 잠이 들었다. 한참 단잠을 자고 있는데, 누군가 흔들어 깨웠다. 힘겹게 깨면서 잠이 아까웠다. 참 오랜만에 푹 잤다. 깨운 사람은 건물주였다. 건물주는 주머니에서 휴지를 꺼내 내게 주었다. 갑자기 이걸 왜 주냐는 표정으로 쳐다보니 자기의 입을 손가락으로 가리켰다. 아, 창피해. 이런 꼴을 보이다니. 자면서 벌어진 입에서 흘러나온 침이 팔을 거쳐 탁자 위에 고여 있었다.

"잘한다. 손님 왔으면 어쩔 뻔했어? 자네 얼굴 보고 퍽이나 커피 마시고 싶겠다."

건물주가 건넨 휴지로 얼굴과 탁자를 닦았다.

"우리 손주는 어디 갔어?"

"잔다고 집에 갔어요."

건물주는 의자에 옆으로 앉아 오른팔을 탁자에 올렸다.

"저기, 요즘 우리 손주가 매일 게임을 하던데 그거 뭔지 아나?"

"아, 루미큐브요? 그거 제가 알려 줬어요."

"그렇다고 하더구먼. 근데 혹시 그거 도박은 아니지? 뭐 화투 같은……."

"에이, 그런 거 아니에요. 수학과 관련된 게임이에요. 선생으로 있을 때 수업 시간에 하고 그랬어요."

"그럼 다행이고."

"왜요? 무슨 일 있어요?"

"아니, 요즘 손주 녀석이 매일 그거만 해. 공부 안 한다고 딸이 걱정하더라고. 걱정되면 지가 공부시킬 것이지. 내가 뭘 알아야 공부를 시키지. 놀아 주지도 못하는데. 기껏 밥이나 챙겨 주는 거지."

"기껏이라뇨. 밥 챙겨 주는 게 얼마나 힘든 일인데요."

"그치?"

"그럼요."

"그래서 말인데……."

헉, 이런. 건물주의 말에 말려들었다. 이번엔 또 무슨 부탁을 하려는 거지?

"자네가 우리 손주 좀 가르쳐 줘."

"수학이요?"

"아니, 그게 아니라 그 게임 말이야. 얼마 전에 딸이 게임 좀 그만하고 공부하라 하니까 녀석이 말대꾸하더라고. 나도 딸도 놀랐지 뭐야. 손주가 그러는 거야. 자기는 그 게임으로 세계 참피언이 되겠다고. 그게 꿈이래."

"그래요?"

"세계 참피언 되면 세계 일주도 시켜 준다네."

"맞아요. 월드루미큐브챔피언쉽이라고 3년마다 열리는데 아직 1위 한 우리나라 선수는 없어요. 2위는 몇 번 했는데."

"그래, 그러면서 우리 손주가 1위를 해 보겠다는 거야."

"와, 멋진데요."

"나도 기특하게 생각하는데, 딸은 걱정되나 봐."

"아무래도 그렇겠죠. 그래도 목표가 있다는 건 긍정적이잖아요."

"그러니까 그 대회 나갈 수 있게 우리 손자 좀 가르쳐 줘."

"그럴 실력이면 제가 세계대회 나갔게요?"

"그러지 말고. 한 시간에 2만 원 어때?"

건물주는 건물주답게 결정적일 때 돈으로 유혹했다. 그렇다면 고민할 필요가 없다.

"정말요? 좋아요."

"그럼, 그리 알고 가네."

사실 가르칠 게 뭐가 있을까? 그냥 오늘처럼 함께 게임하면 된다. 상혁이 나를 이기게 되는 그때까지만.

이상한 일이었다. 알 수 없는 일이라고 표현하는 게 맞을까? 학교라는 울타리 안에서 교사일 때는 학생이나 학부모가 날 믿지 않았다. 내

조언을 잘 따르지 않았다. 입시 상담할 때 합격할 만한 대학을 추천하면 학생은 그대로 지원하지 않았다. 상담한 의미가 없을 정도로 뜻밖의 대학과 학과를 지원했다. 나중에 왜 그랬냐고 물어보면 아는 언니라든지 학원 선생님이라든지 친척 형이라든지 하는 주변 사람이 추천했다는 것이다. 차라리 자기의 고집으로 지원하는 경우는 인정할 만했다. 주변 사람보다 못한 신뢰를 가진 교사가 되는 순간 자괴감을 느꼈다. 그런데 학교를 나온 지금, 내게 가르쳐 달라고 부탁하는 사람들이 생기고 있다. 신뢰받지 못하는 교사에서 왠지 믿을 만한 주변인이 된 것 같다. 책임감 있게 지도해도 인정 못 받는 것보다, 책임질 필요 없는 처지에서 가르치는 즐거움도 괜찮단 생각이 들었다.

며칠 전 문자 메시지가 왔다. 함께 근무하던 후배 교사 요환이었다. 다큐멘터리 영화 〈몽마르트 파파〉를 보면서 내가 생각났다고 했다. 그동안 연락하지 않아 미안한 마음으로 망설이다 문자를 보낸다는 말을 덧붙였다. 그러면서 영화를 추천했다. 요환에게 고맙다는 답변을 보내고, 봐야지 하면서 계속 미루었다. 지루한 밤을 보내다 갑자기 생각나서 영화를 봤다. 34년간 미술을 가르친 교사가 퇴직한 후 몽마르트 거리 화가의 꿈을 이루는 이야기였다. 주인공은 그림이 팔리지 않아도 꿈을 이루는 과정에서 기쁨을 느꼈다. 나는 고등학교에서 수학을 가르치는 동안 모든 학생이 이해하고 풀 수 있기를 기대했다. 애초에 그것은 불가능한 일이었고, 욕심이었다. 그래도 그래야 한다고 믿었다. 과연 몇 명이나 내 수업을 받고 수학 실력이 향상됐을까? 한 명도 없을지도. 나도 학생도 지쳤다. 퇴직 후에도 수학 문제를 풀며 공부했다. 누굴 가르치기 위해서가 아니라 나를 위해서다. 나누고파 회원 모집 광고에 적었던 세계 최고령 할머니처럼 평생 수학 문제를 풀며 취미로 즐길 생각이었다. 좋아서 그리다 보면 그 그림을 인정하고 살 사람이 나타날 것이라는 주인공의 말처럼, 나의 지식이 필요한 두 사람이 나타났다. 여중생과 상혁. 내가 누굴 가르칠 수 있을까? 하는 의문이 있었으나, 요환이 추천한 영화를 보고 다시 가르칠 용기가 생겼다. 잘할 필요 없이 좋아해서 하면 된다. 두 사람 모두 내가 필요 없게 되면 자연스레 떠날 것이다.

오늘 모임에는 모두 참석했다.

"지난 모임 때 내드린 숙제는 하셨나요?"

다들 말이 없었다.

"그 숙제를 하루 만에 해결한 사람이 있습니다."

사람들은 서로 쳐다보며 누군지 찾았다. 나는 여중생을 쳐다봤고, 다른 사람들도 따라 봤다.

"칸토어 님이 풀었습니다."

우리는 부끄러워하는 여중생을 향해 기쁜 마음으로 손뼉을 쳤다. 원장님은 엄지척해 보였다.

"칸토어 님, 어떻게 풀었는지 설명해 주세요."

"포수가 남쪽, 동쪽, 북쪽으로 이동해서 다시 집으로 가려면 집이 북극점에 있어야 합니다. 따라서 북극에서 잡은 곰은 흰색입니다."

"아주 명쾌한 설명입니다. 다들 이해되세요? 이 문제를 평면에서 풀면 답이 나오지 않지만, 우리가 사는 지구처럼 구면에서 생각하면 답이 나옵니다."

여중생은 지난 모임에 빠져 뭔지 모르고 있는 쉬리에게 문제를 설명했다. 나는 어르신, 원장님, 어머니에게 풀이를 다시 설명했다. 설명을 듣고 답을 이해한 원장님은 다시 한번 여중생을 향해 엄지척했다. 나도, 쉬리도, 어머니도, 어르신도 모두 엄지척했다.

"오늘은 칸토어 님이 칸토어에 관해 설명해 주시겠습니다."

여중생은 놀라서 나를 쳐다봤다.

"칸토어 님이 수학 시간에 칸토어를 주제로 발표해서 수행 평가 만점을 받았답니다."

우리는 다시 한번 손뼉을 쳤다.

"칸토어 님, 그때 발표했던 것처럼 하면 돼요. 기억나는 만큼만."

여중생은 잠시 뜸을 들였다.

"칸토어를 조사한 건 그냥 모임 별칭이기 때문이었어요. 조사하다 보니 칸토어가 불쌍했어요. 그래서 관심을 두게 됐죠. 칸토어는 집합론의 창시자입니다. 집합론이 뭔지는 모르겠고, 조금이나마 이해한 것은 칸토어가 무한을 연구했다는 겁니다. 그 당시 사람들은 무한에 대한 개념도 없었는데 칸토어가 집합으로 무한을 정의했다고 합니다. 무한에도 크기가 있고, 계산도 할 수 있다고 발표했는데, 사람들은 도저히 이해할 수 없었어요. 그래서 칸토어는 왕따가 돼요. 편들어 주는 사람 없이 미쳤다는 소리를 듣게 되어 정말 정신 병원에 입원하게 됩니다. 퇴원해서 몇 년 후 아들이 죽어요. 우울증이 심해져 다시 정신 병원에 입원하게 됩니다. 그렇게 정신 병원을 오가다 결국 심장 마비로 죽어요."

우리는 여중생의 말을 조용히 경청했다.

"칸토어랑 저랑 많이 닮았어요. 전 다른 여자애들과 잘 어울리지 못했어요. 밖에서 뛰어노는 게 좋았거든요. 남자애들은 여자라고 끼워주지 않았고, 여자애들은 제가 어울리지 않았어요. 그래서 왕따가 됐죠. 그런 제가 걱정된 아빠는 캠핑에 저를 데려갔어요. 캠핑이 너무 재밌었어요. 저에게 딱 맞았죠. 그런데 사고로 아빠가 돌아가시고, 엄마가 캠핑을 못 하게 해서 매일 유튜브로 캠핑 영상만 보게 됐어요. 언젠가 전문 캠퍼가 될 거예요. 엄마는 아빠가 생각나고 위험하다고 반대하는데, 오히려 캠핑하는 게 아빠의 사고를 잊는 방법이라고 생각해요. 그러지 않으면 캠핑이란 두 글자를 보면 아빠의 사고가 떠올라 더 괴로울 거예요."

여중생의 말이 끝나자 정적이 흘렀다. 그때 쉬리가 입을 열었다.

"칸토어 님이 캠퍼 되는 것에 찬성합니다."

그렇게 말하고 결론이 난 것처럼 손으로 탁자를 세 번 쳤다. 우리는 웃으며 "나도 찬성."이라고 한마디씩 했다.

모임이 끝나고 모두 카페를 나서는데, 나는 여중생을 불러 세웠다.

"어머니 편지 읽었어. 수학을 좀 가르쳐 달라고 부탁하시던데, 네 생각은 어떠니?"

"제가 아저씨에게 배우고 싶다고 엄마에게 말했어요. 캠핑 영상을 보니까 수학을 잘해야겠더라고요. 아저씨가 도와주세요."

"젊고 잘 가르치는 과외 선생님도 많은데, 꼭 내게 배워야겠니?"

"네, 아저씨에게 배우고 싶어요. 이미 수행 평가 만점 받게 도와주셨잖아요."

여중생은 해맑게 웃었다.

"사실 저 메뉴판 보고 그때부터 아저씨가 맘에 들었어요."

여중생이 가리키는 메뉴판을 쳐다봤다. 특이한 게 없는데.

"저거요. 달걀을 띄운 쌍화탕. 달걀이라고 쓰여 있는 거 보고 아저씨가 친근하게 느껴졌어요. 계란이 발음하기 좋은데, 굳이 달걀이라고 하는 사람이 제 주변에 또 있거든요."

"누군데?"

"우리 엄마요. 엄마 놀리려고 저는 일부러 계란이라고 말해요. 계란이나 달걀이나 똑같은 건데 왜 그리 달걀에 집착하는지 모르겠어요."

나는 영화를 보다가 일시 정지 버튼을 누른 듯 생각과 행동이 멈췄다.

"아저씨가 가르쳐 주시는 것으로 알고 갈게요. 엄마한테 말해도 되죠?"

여중생은 인사하며 카페를 나갔다. 그냥 보낼 수 없었다. 여중생을 따라갔으나 이미 계단을 내려가 보이지 않았다. 그런 여중생을 향해 외쳤다.

"너 이름이 뭐니?"

여중생은 되돌아와 벽 뒤에 숨은 채 얼굴만 내밀어 이름을 말하고 사라졌다.

"윤슬이요, 이윤슬."

블루마운틴

우리로 존재하면서 일상이 특별해졌다. 혼자일 때는 실체가 없던 시간과 공간이 구체화됐다. 각자의 학교에서 수업이 끝나면 우리의 공간에서 만났다. 블루마운틴은 이름을 잃고 우리만의 대명사인 '거기'로 불렸다. 그녀는 약속을 정할 때, '거기서 6시'와 같이 말했다. 거기에서 우리는 항상 창가 쪽 맨 끝자리에 앉았다. 그곳은 나란히 한 방향으로 앉아 창밖을 볼 수 있었다. 그곳에 누군가 앉으면 그들이 언제 갈지 기다려 재빨리 자리를 옮겼다. 그리고 편안한 마음으로 수다를 떨었다. 수다를 떨다 소재가 떨어지면 말없이 창밖을 바라봤다. 말없이도 지루하지 않게 있을 수 있다는 것이 그 자리의 장점이었다. 창밖의 풍경을 보기만 해도 충분히 행복한 시간을 보낼 수 있었다. 우리가 바라본 풍경은 도로를 달리는 자동차나 인도를 걷는 사람이 아니라 하늘이었다. 하늘의 색깔, 흐르는 구름의 모양을 보거나 비가 그치면 무지개를 찾았다. 하늘이 깨끗하고 파란색이 선명할 때면 그녀는 놓치지 않고 말했다.

"오늘도 하늘이 다했다."

이 말을 한다는 것은 그녀의 기분이 매우 좋다는 뜻이다. 그래서 나도 기분이 매우 좋아졌다. 파랗게 꾸미느라 수고한 하늘을 안아 주려는 듯 그녀가 두 팔을 위로 벌리며 뻗을 때는 그 모습이 사랑스러워 나도 함께 안기고 싶은 충동이 생겼다. 하늘을 한껏 안은 그녀가 추억을 떠올렸다.

“우리 학원 다닐 때 너 수학 문제 자주 나가 풀었잖아. 기억나?”

“응. 그랬지. 수학 선생님이 나만 시켜서 짜증 났었어.”

“그런 네가 멋있었어.”

전혀 예상하지 못한 말이다.

“네가 수학 문제 푼 걸 보면 꼭 시를 쓴 거 같았어.”

“정말?”

“응. 의미를 꾹꾹 눌러 담아 시를 쓰듯이 풀이 과정을 간단명료하게 적었거든.”

“사실 귀찮아서 대충 쓴 거였는데.”

“나같이 수학 못 하는 사람에게는 그렇게 푸는 게 정말 힘든 일이야.”

“수학보다 시가 어렵던데.”

“나는 시도 어려운데, 수학은 더 어려워.”

“시처럼 수학을 푸는 걸까? 수학을 푸는 것처럼 시를 쓰는 걸까?”

“기종아, 시험 볼 때 왜 과목 순서가 국어, 수학, 영어인 줄 알아?”

그녀의 뜬금없는 질문에 그런 것에도 이유가 있나 싶었다.

“시험 순서에도 이유가 있는지 몰랐네.”

“너는 수학 전공이잖아. 수학 실력은 세계 몇 등 정도 될까?”

“음……. 세계 인구수가 60억 정도라고 하면 못해도 5천만 등 정도 되지 않을까?”

"그렇지? 영어학과 다니는 사람은 몇 등 정도 될까?"

"3분의 1 정도는 영어권이니까 1억 등은 넘을 거 같은데."

그녀의 질문에 대답하면서도 '이게 맞나?'라는 생각이 들었지만, 다행히 맞는지 틀리는지와 상관없이 그녀는 대답에 만족했다.

"그래, 좋아. 나는 국문학 전공인데 몇 등 정도 될까?"

"우리나라 인구수가 4천만이라고 치면 2천만 등?"

"바로 그거지. 세계 순위에 따라서 국, 수, 영인 거야."

그녀는 내 팔을 치며 한참 웃었다. 그런 그녀를 사랑스럽게 바라봤다. 이미 내겐 국어가 수학보다 우선이었다. 그녀가 영어를 전공했다면 과감히 영, 수, 국이라고 반박했을 것이다.

"이번엔 내가 질문할게."

"그래."

"두 남자와 한 여자가 있어. 세 사람은 삼각관계야. 이 문제를 수학적으로 어떻게 해결할 수 있을까?"

"뭐야, 반칙이야. 수학 문제를 내면 어떡해."

"난센스 퀴즈야."

"수학적으로 풀라며. 난 고등학교 졸업 이후에 수학을 끊은 사람이야. 수학이란 과목이 있었는지도 잊은 지 오래라고."

"그래도 생각 좀 해 봐."

"아, 싫어. 그냥 답 말해, 빨리. 수학 알레르기 생기려고 하니까."

"알았어. 그 세 명에 여자 한 명을 더하면 사각 관계가 돼. 그리고 남자 한 명을 또 더하면 오각 관계, 다시 여자 한 명을 더하면 육각 관계. 그런 식으로 반복하다 보면 '원만한 관계'가 되지."

그녀는 웃지 않았다. 뻘쭘해져 그녀 눈치를 보고 다른 문제를 냈다.

"이번에 다른 문제. 아주 짧으니까 잘 생각해 봐."

"일단 내 봐."

"100 곱하기 100 곱하기 100 곱하기를 계속하면?"

"뭐야, 또 수학이야?"

"이것도 난센스야. 그러지 말고 생각 좀 해 봐."

그녀는 예의상 입으로 '100 곱하기'를 반복하며 중얼거릴 뿐 맞출 생각이 없어 보였다. 결국 그냥 답을 말하라며 다그쳤다. 나는 시간 끌며 궁금해서 답답해하는 그녀의 모습을 즐기다 답을 말했다.

"피 나."

그녀는 답을 이해하지 못해 가만히 생각하다가 큰 소리로 웃었다. 그 소리가 너무 커서 커피숍 안에 있던 사람들이 쳐다봤다. 나도 덩달아 웃었다. 웃음을 그친 그녀는 이번엔 자기 차례라며 물었다.

"블루마운틴을 우리말로 하면?"

"국어 문제?"

"너도 수학 문제 냈잖아."

"뭐 어렵지 않네. 푸른 산?"

"땡. '푸르다'는 밝고 선명하다는 뜻이잖아."

"그러면 파란 산. 맞지?"

"땡. 산은 한자잖아."

"그러네, 뫼 산이지. 그러면 파란 뫼?"

"그래, 정답으로 인정해 줄게."

"난 국어가 가장 어려워. 우리말인데 왜 어렵지?"

"나도 그래. 세상에 쉬운 게 어딨겠니?"

그렇다. 지금 여기 그녀와 함께 나란히 앉아 웃고 떠들기까지 많은 시간과 눈물이 필요했다. 어렵게 얻은 것이라서 평생 간직하고 싶었다. 하지만 그 바람도 세상의 일이기에 쉽지 않았다.

가장 행복하고 특별했던 학기가 끝나고 여름 방학이 시작됐다. 두 번째 학과 신문이 나왔고, 편집 후기에 이렇게 적었다.

신문은 사랑을 싣고 - 안기종

여름 방학이 되자 우리는 매일 만났다. 항상 블루마운틴에서 만나 수다를 떨거나 뭐하며 시간을 보낼지 고민했다. 더위가 심해졌고, 그녀의 생일이 다가왔다.

"곧 있으면 생일이네, 선물 뭐 받고 싶어?"

"이미 받은 게 많아서 생일이라고 특별히 받고 싶은 건 없어."

"정말?"

"그 대신 우리 바다 보러 가자."

"와, 좋지. 여름이면 바다지."

"일출 보러 가자. 너 바다에서 일출 본 적 있어?"

"아니."

"나도 없어. 일출 보러 가자."

우리는 그녀의 생일 전날 청량리역에서 정동진으로 가는 야간열차에 올랐다. 기차는 다섯 시간을 달려 정동진에 도착할 예정이었다. 그녀는 내 어깨에 기대어 잠이 들었다. 그녀가 불편하지 않도록 어깨 위치를 적당히 조절해서 받쳐 주고 주변을 둘러봤다. 만석이었다. 이 많은 사람이 모두 일출을 보러 가는 걸까? 떠드는 사람 없이 모두 잠들어 있었다. 창밖은 어두워 아무것도 보이지 않았다. 내게 기대서 잠든 그녀의 모습이 창에 비쳤다. 어릴 때 TV에서 재밌게 봤던 애니메이션 〈은하철도 999〉가 생각났다. 메텔은 철이(테츠로)를 보호하며 행성 프로메슘에 도착한다. 긴 여행의 목적지에서도 메텔은 철이의 목숨을 구해 주고, 안전하게 지구로 갈 수 있게 도와준다. 철이와 메텔은 꿈과 현실을 위해서 헤어진다. 원작자 마츠모토 레이지는 999는 미완성을 뜻하고, 은하철도 999는 영원히 완성되지 않는 이야기라고 했다. 그녀와 함께하는 시간이 너무 완벽해서 두려웠다. 긴 기다림이 너무 빠르고 완벽하게 완성되어 가고 있었다. 급하게 쌓아 올려진 탑이 쉽게 무너질 것 같은 불안감이 느껴졌다.

"기종아, 그만 일어나."

언제 잠이 들었는지 눈을 뜨니 머리를 그녀의 어깨에 기대고 있었다.

"거의 다 왔어. 내릴 준비 하자. 그런데 자면서 왜 그리 땀을 흘리니?"

손으로 이마를 닦으니 땀이 잔뜩 묻어났다.

"더워서 그렇지 뭐."

몸이 무거웠다. 다섯 시간 동안 의자에서 자서 그런가? 우리는 정동진역에서 내렸고, 많은 사람이 함께 내렸다. 아직 어두웠다. 한 시간 정도는 더 기다려야 했다. 우린 철길을 지나 바다로 갔다. 걸을 때마다 신발 안으로 모래가 들어왔다. 그녀는 신발과 양말을 벗고 맨발로 걸었다. 나도 따라 했다. 바다에 가까이 갈수록 파도 소리가 크게 들렸다. 밀려오는 이 파도는 어디서 시작됐을까? 부서지는 파도에 발을 담갔다. 파도가 들어오고 나갈 때마다 발이 모래에 묻혔다. 그녀는 어린애처럼 파도를 따라 바다로 들어갔다 나왔다 하며 장난쳤다. 파도도 나만큼 그녀가 사랑스러웠는지 강하게 밀어내며 장난을 받아줬다. 그녀는 치마 아래가 젖은 후에야 내 옆으로 와서 모래 위에 털썩 앉았다. 나도 깊이 들어간 발을 빼서 앉았다. 주변에 사람들이 모이기 시작했다. 대부분 연인, 가족, 친구였고, 혼자인 사람도 있었다. 새해 첫날도 아닌데 다들 무슨 사연이 있어 일출을 보러 왔을까? 저 멀리 수평선에서 여명이 밝아오자 사람들이 분주해졌다. 침묵으로 가득하던 어둠이 걷히자 여기저기서 감탄의 소리가 들려왔다. 해가 수평선 위로 드러나자 세상의 색이 변하기 시작했다. 하늘도, 바다도, 구름도 자기 색을 찾아갔다. 그녀의 머리카락도, 얼굴도, 어깨도 선명하게 드러났다. 그녀는 떠오르는 해를 보고, 나는 해맑게 떠오르는 그녀의 표정을 봤다.

"생일 축하해."

"고마워. 너에게 처음으로 축하받으니 기분 좋다."

"앞으로 매년 내가 처음으로 축하해 줄게."

"그래."

우린 손을 잡고 해가 완전히 드러나길 기다렸다.

"기종아, 우리 나중에 호주로 여행 가자."

"호주? 좋아. 그런데 왜 호주야?"

"비밀."

"뭐야, 그냥 알려 주면 안 돼? 이유가 있긴 있는 거야?"

"이유 있지. 그러니까 네가 맞혀 봐."

그녀가 호주에 가고 싶은 이유를 25년이 지나서야 알게 됐다. 2019년

12월 어느 날 TV를 보고 있는데 뉴스에서 호주의 산불 소식을 전했다.

"지난 10월부터 일어난 산불로 블루마운틴 국립공원의 코알라 3분의 2가 피해를 당했습니다."

'블루마운틴'이 귀에 뚜렷하게 들렸다. 오랫동안 잊고 있던 단어였다. 그녀가 왜 호주를 나와 가고 싶어 했는지 알게 됐다. 그 이유를 바로 알지 못해, 함께 가지 못해 미안했다.

해돋이를 보고 우리는 주변을 여행했다. 햇볕이 뜨거워 오래 있지 못하고 점심을 간단히 먹은 후 청량리로 가는 기차를 탔다. 갈 때와 다르게 올 때는 바깥 풍경이 아름답게 펼쳐졌다. 그녀는 창문에 매달려 출렁이는 바다를 한참 보더니 내 어깨에 머리를 기댔다. 눈을 감고 조용히 속삭였다.

"나중에 딸을 낳으면 이름을 '윤슬'이라고 지을 거야."

"이름 예쁘다. 무슨 뜻이야?"

"햇빛에 반짝이는 잔물결."

"예쁘다. 그 이름 아까워서라도 꼭 딸을 낳아야겠다."

그녀는 잠이 들었다. 행복한 꿈을 꾸길 바라며 그녀의 머리를 쓰다듬었다.

정동진 해돋이를 보고 와서 나는 몸살감기를 앓았다. 열이 나고, 땀으로 옷이 젖었다. 목이 아파 침을 삼키기 괴롭고, 숨쉬기도 힘들었다. 팔다리를 들어 올릴 힘도 없고, 몸이 한없이 무거워져 땅속으로 들어가는 듯했다. 그녀는 걱정 가득한 목소리로 수시로 전화해서 내 몸 상태를 확인했다. 어느 순간 전화를 받는 것도 힘겨워졌다. 약으로만 버티다 결국 병원에 갔다. 의사에게 진료를 받고 흉부 X선 촬영을 했다. 의사는 하얀 무늬만 존재하는 까만 필름을 보며 심각한 표정으로 말했다.

"결핵입니다. 여기 하얀 부분 보이죠? 이게 결핵균에 감염된 겁니다."

오른쪽 폐는 까맣고, 왼쪽은 하얗게 되어 있었다. 필름 속 세상에서는 선과 악이 반대였다.

"혹시 최근에 살도 빠지고, 잘 때 식은땀도 나고 그러지 않았어요? 식욕도 없었을 텐데."

식욕은 원래 없었다. 하지만 살이 빠지고 식은땀이 난 것은 맞았다. 왜 이때까지 그게 이상하다는 생각을 못 했을까?

"너무 걱정하지 마시고, 일단 보건소로 가세요."

의사의 '너무 걱정하지 마시고'라는 말은 나를 위한 게 아니라, 자신을 위한 말처럼 들렸다. 병원을 나와 바로 보건소로 갔다.

보건소에서도 검사 후 결핵이라고 판정했다. 의사는 감염성 질환이라서 밀접 접촉했던 사람도 검사해야 한다고 했다. 그리고 약을 비닐봉지 하나 가득 담아 줬다. 많은 약을 6개월 이상 먹어야 했다. 집으로 오는 내내 그녀가 생각났다. 못 본 지 사흘밖에 되지 않았는데 너무 보고 싶었다. 발걸음에 맞춰 흔들리는 약봉지가 다른 생각을 부추겼다. 나는 병자다. 그것도 전염병자. 그녀를 멀리하는 게 맞다. 보고 싶은 마음으로 그녀를 만나는 건 욕심이다. 집으로 돌아와 그녀에게 전화했다.

"결핵이래."

그녀는 말이 없었다.

"보건소에 갔다 왔는데 나와 접촉한 사람들도 검사받으래. 미안해."

"미안하긴, 그게 네 잘못이니? 알았어, 걱정하지 마."

다행히 가족과 그녀 모두 아무 이상 없었다. 종교도 없는 나는 모든 신에게 감사했다. 어머니는 내 몸보신을 위해 개소주를 해 왔다. 어머니는 고기를 먹지 않는 나를 설득했다.

"이건 음식이 아니라 약이다. 살려면 먹어야 해."

결국 어머니의 한숨과 눈물이 담긴 개소주를 먹을 수밖에 없었다. 나 때문에 죽었을 어느 개를 위해 감사 인사를 마음속으로 해야만 먹을 수 있었다. 부디 다음 생에는 행복한 존재로 태어나길. 어머니는 나의 식사와 약을 부지런히 챙겼다. 아버지는 나 대신 휴학을 신청했다. 그녀는 매일 전화해서 날 보러 오겠다 했지만, 매번 거절했다. 그렇게 그녀를 못 만나는 날이 길어지고 있었다. 9월이 되어 그녀는 2학기를 시작했다. 나는 집에서 책을 보며 시간을 보내거나 어린 시절 놀던 경안천을 따라 산책했다. 산책하고 집에 왔을 때 그녀의 편지가 와 있었다.

보고 싶어. 왜 나를 피하는지 알아. 그런데 그러지 마. 제발.
만일 내가 너처럼 아팠다면 너는 어떻게 했을까? 날 피했을까? 아니잖아.
나는 《강아지똥》을 쓰신 권정생 선생님을 존경해. 그분도 열아홉 살에 결핵 걸려서 죽고 싶은 마음이셨대. 그런데 주변 사람들에게 도움을 받아 지금까지 잘 버티시고, 훌륭한 작가도 되셨어.
너도 혼자 감당하려 하지 않기를 바라. 보고 싶어.
PS. 9월 11일 오후 5시, 거기.

달력을 보니 아직 나흘의 시간이 남았다. 그녀의 편지를 읽으며 슬펐다. 무슨 자격으로 그녀에게 아픔을 주는가? 그때 전화벨이 울렸다. 그녀이길 바라는 마음으로 수화기를 들었으나, 몇 달 전 군대 간 중학교 친구였다.

"기종아, 나 휴가 나왔어. 한번 봐야지."

"나는 못 갈 거 같아. 미안해."

"에이, 뭐야. 그런 게 어딨어? 너 아프단 얘기 들었어. 술 마시라고 안 할 테니 그냥 얼굴이나 보게 나와. 다른 애들도 날짜 맞춰서 휴가 나왔단 말이야."

"그래, 알았어."

그동안 집에만 있는 것도 답답했다. 마스크를 쓰고 약속 장소로 갔다. 다섯 명의 친구들은 이미 술사리가 한창이었다. 그중 세 명은 휴가를 나온 군인이라 머리가 짧았다. 나를 본 친구들은 반갑게 맞았다. 친구들은 병자인 거 티 내냐며 마스크를 벗으라고 했다. 탁자 위에 술병이 늘어나고 다들 취해 갔다. 군인이 세 명이고, 다른 두 명은 2학기를 마치면 군대 갈 예정이라 주로 군대 얘기를 했다. 휴가 나온 친구는 참인지 거짓인지 모를 군대에서 겪은 얘기를 쏟아냈다. 신나게 떠들던 친구가 듣고만 있던 내게 관심을 보였다.

"기종아, 재미없지?"

"아냐, 괜찮아. 재밌어."

"여자들이 싫어하는 남자들 얘기가 뭔지 알아?"

휴가 나온 다른 친구가 떠들기 시작했다.

"3위는 축구 얘기, 2위는 군대 얘기야. 그러면 1위는 뭘까?"

다들 모르겠다 했고, 그 친구는 흥분해서 술을 한 잔 마신 후 말했다.

"1위는 바로 군대에서 축구 한 얘기야."

친구들은 모두 재밌어하며 웃었다. 나는 웃기지 않았다. 어색한 분위기를 피하려고 화장실 간다며 일어났다. 손을 씻고 거울을 봤다. 마스크를 쓰고 있는 모습에 짜증이 났다. 이 세상에 어울려서는 안 되는 존재로 보였다. 나는 왜 여기에 있는 거지? 친구들에게 먼저 간다고 해야겠다. 화장실에서 나와 자리로 가는데 칸막이 뒤로 친구들의 얘기 소리가 들렸다.

"야, 기종이 결핵이면 군 면제 맞지?"

"그럼, 면제지. 야, 그거 전염병이잖아. 그런데 어떻게 군대 가냐?"

"와, 썅. 신의 아들이네. 부럽다."

"그러게. 누구는 대학 가서 여친도 생기고, 군대도 면제받고."

"공부 열심히 해서 대학이나 갈걸, 나는 군대에 갔으니."

"야, 기종이가 그러고 싶어서 아팠겠냐?"

"쟤 원래 좀 허약 체질이잖아. 학교 다닐 때도 자주 아프지 않았나?"

"근데 기종이 여친 걔 맞지? 중학교 때 학원에서 좋아했던……."

"맞아. 저놈도 대단하다니까."

"곧 깨지겠지. 너 같으면 남자친구가 결핵인데 좋아하겠냐? 세상에 잘 생기고 돈 많고 건강한 사람이 얼마나 많은데."

"그러니까 니가 여자친구가 없는 거야, 새끼야. 너는 못생기고 돈 없고 건강하기만 하잖아."

그렇게 친구들은 나를 안주 삼아 웃고 떠들었고, 나는 발길을 돌려 집으로 왔다. 친구들 말이 맞다. 세상에 나보다 나은 사람이 얼마나 많은데. 그녀를 곁에 둔다는 건 욕심이었다. 그녀를 떠나야 한다. 서로 마음 아프겠지만 잠깐일 것이다. 그녀가 편지에 남긴 약속한 날에 나가지 않았다. 전화벨은 계속 울렸고, 받지 않았다. 그날 저녁 부모님께 말했다.

"저 이모한테 가서 있고 싶어요."

이모는 결혼 후 제주도에서 민박을 운영하고 있었다. 내가 아프단 소식을 들은 이모가 제주도로 와서 요양하라던 기억이 났다.

"집에 있는 게 좋지 않겠니?"

어머니는 걱정스러운 눈빛으로 물었다.

"집에서는 좀 어수선하고 답답해서요. 제주도에 가서 이모 일도 도와드리고 걸으면서 운동도 할게요."

"안 그래도 네 이모가 자꾸 너 보내라고 하긴 했는데. 밥도 그렇고, 약도 그렇고……."

"걱정하지 마세요. 밥도 약도 잘 먹을게요. 딱 여섯 달만 있다 올게요."

그다음 날 바로 짐을 싸서 제주도로 갔다. 그녀는 알았을까? 그녀가 존경하는 권정생 작가도 결핵 때문에 가족을 떠나 떠돌이 생활했다는 것을.

제주도에서 할 수 있는 일은 많지 않았다. 해가 지면 암막을 사방에 드리운 듯 어두웠고, 별들은 쏟아질 듯 머리 위에서 빛나고 있었다. 바람은 창문을 덜컥이며 소리로 존재를 알렸다. 어두워지면 빨리 해가 떠서 다시 아침이 되길 바랐다. 아침을 기다리는 가장 쉬운 방법은 일찍 자는 것이다. 아침 일찍 일어나 바다의 소금기를 가득 머금은 바람을 맞으며 마당에 앉아 햇빛에 온몸의 세포를 깨웠다. 이모가 차려준 아침 식사를 하고, 물과 귤 몇 개를 챙겨 집을 나섰다. 제주도가 나와 맞는 걸까? 매일 20㎞ 가까이 걷다 보니 집에서 못 느끼던 식욕을 느끼고 건강이 조금씩 회복됐다. 어머니는 매일 전화했다. 혹시 그녀의 소식을 들을 수 있을까 기대했지만, 어머니는 한 번도 그런 말을 하지 않았다. 그녀가 만나길 원했던 9월 11일은 아마도 우리가 헤어진 날이 되겠지. 그녀가 그렇게 받아들이길 바랐다. 그녀가 내게 입맞춤한 날로부터 딱 114일째 되는 날, 우린 다시 서로소가 됐다.

추석이 지나자 가을은 본격적으로 티를 냈다. 바람은 기분 좋게 살랑거리며 머리끝을 매만졌고, 낙엽은 바람에 맞춰 뒹굴었다. 제주의 가을 하늘은 파랗고, 구름은 하얬다. 여러 농도의 파랑과 하양이 만들어낸 하늘은 날 이끌어 어느새 문도지 오름 앞에 세워 놨다. 주변엔 아무도 없었다. 한적한 길, 시원한 바람, 숲속에서 들려오는 새소리. 무엇보다 눈부시게 예쁜 파란 하늘과 흰 구름, 이런 완벽한 순간과 공간에 있다는 것이 행복했다.

숲길을 지나 산등성이를 걷는데 방목해 놓은 말 울음소리가 들렸다. 그 소리를 따라 오르니 정상이 보였다. 오름 정상에 서서 주변을 둘러봤다. 앞뒤로 곶자왈이 펼쳐져 있어 녹색 구름 위에 서 있는 느낌이었다. 깨끗하고 맑은 하늘은 서쪽의 바다와 섬들이, 동쪽의 오름들과 한라산이 보이는 풍경을 선물했다. 사방의 아름다운 풍경을 사진으로 남기려다 포기하고, 몸을 빙빙 돌리며 눈에 담았다. 완벽한 순간과 공간을 혼자 만끽하는 감동이 지나자 그녀가 생각났다. 그녀와 함께했다면……. 아쉬움과 그리움을 문도지 오름 정상에 묻어두고 내려왔다.

숲길 저 멀리서 젊은 남녀가 걸어왔다. 소개팅 자리에 나가는 사람들 처럼 옷을 잘 차려입고 있었다. 두 사람은 손도 잡지 않은 채 적당한 거리를 두고 옆으로 나란히 서서 숲길을 걸어오고 있었다. 이제 막 사랑을 시작하는 듯 행복한 표정이었다. 지나가는 내게 남자가 다가와서 물었다.

"오름 올라가는 길이 멀었나요?"

"거의 다 오셨어요. 조금만 더 가서 왼쪽으로 돌아 올라가시면 돼요."

"네. 감사합니다."

두 사람은 인사하고 다시 걷기 시작했다. 나는 잠깐 서서 두 사람의 뒷모습을 바라봤다. 여전히 떨어져서 나란히 걷고 있었다. 둘은 서로 얘기를 나누며 웃었지만, 부끄러움이 묻어 있었다. 예쁜 하늘 때문이었을까? 두 사람의 모습이 예뻐 보였다. 그 모습을 보는 것만으로도 설
다. 두 사람은 길을 잘 찾아 문도지 오름 정상까지 즐겁게 오를 것이다. 정상에서 내가 느낀 것보다 더 행복한 마음으로 감탄하겠지. 여전히 하늘이 예쁘고, 다른 사람 없이 온전히 그들만의 시간과 공간이 되길 바랐다. 그녀가 내게 입맞춤해서 사랑이 시작됐듯 내가 묻어 두고 온 아쉬움을 밟고 서서 두 사람의 사랑도 그렇게 시작되길 바랐다. 누군가는 사랑을 시작하기 위해 걸었고, 나는 사랑을 잊기 위해 걸었다. 하지만 그럴수록 더 생각났고, 생각날수록 더 빠르게 걸었다. 제주의 강한 바람이 불어 걷기도 힘들 때면 생존 본능이 그녀에 대한 그리움을 조금이나마 잠재워 줬다.

결핵이 완치될 때쯤 겨울 방학을 맞은 승배가 제주로 찾아왔다. 함께 한라산을 오르고, 다음 날 해안을 따라 걷다가 금능 해수욕장에 도착했

다. 해가 지며 하늘을 빨갛게 물들였다. 우리는 파도 소리를 들으며 비양도를 보고 앉았다.

"승배야, 제주의 하늘과 서울의 하늘이 어떻게 다른지 아니?"

"글쎄, 아마도 제주의 하늘이 서울보다 더 깨끗하겠지."

"그것도 맞아. 그리고…… 서울에서는 구름이 위에 있는데, 제주에서는 구름이 앞에 있어."

승배는 비양도 위를 지나는 붉은색 구름을 봤다.

"그러네, 고개를 들지 않아도 구름이 보이네."

제주의 하늘처럼 사랑, 우정, 권위는 위가 아니라 앞에 있을 때 더 아름답다. 내가 힘들 때 앞에 있는 승배가 고마웠고, 외로울 때 앞에 없는 그녀가 그리웠다.

"제주에서 미친 듯이 걸으면 그녀가 잊혀질 거로 생각했는데, 그게 아니더라고."

승배는 해변 모래를 한 움큼 집어 손가락 사이로 빠져나가는 걸 지켜봤다.

"제주의 파란 하늘, 하얀 구름, 투명한 바다가 항상 눈을 가득 채우고, 그런 것들이 자꾸 그녀를 생각나게 해."

승배는 잠시 생각하더니 조용히 일어났다. 잠시 후 돌아와 손을 내밀었다. 승배의 손 위에는 100원짜리 동전이 몇 개 올려져 있었다.

"지금 전화해."

승배는 내 손에 동전을 쥐어 주고 공중전화 쪽으로 등을 떠밀었다.

"이렇게 끝내면 안 될 거 같아. 미수가 널 잊을 수 있도록 변명이라도 해야 하지 않을까?"

승배의 말을 뒤로 하고, 동전을 손에 꼭 쥔 채 공중전화로 천천히 걸어갔다. 무슨 말을 해야 할까? 전화해도 괜찮을까? 동전을 힘겹게 투입구에 밀어 넣고 그녀의 집 전화번호를 누르다가 멈추길 반복했다. 어둠이 찾아와 하늘과 구름은 사라졌고, 저 멀리 비양봉 등대에서 띄엄띄엄 빛을 보내고 있었다. 어둠 속 파도 소리를 들으며 모래밭에 앉은 승배가 보였다. 내 인생의 중요한 순간에 발 디딜 방향을 가르쳐 주는 친구다. 승배는 저렇게 앉아 무슨 생각을 하고 있을까? 평소엔 철없어 보이지만 결정적일 땐 어른스럽다. 승배를 보니 용기가 났다. 신호가 울렸다. 한 번, 두 번, 세 번, 딱 열 번만 기다리자. 네 번, 다섯 번, 여섯 번이 울리는 중에 신호가 멈추고 그녀의 목소리가 들렸다.

"여보세요?"

아무 말 못 하고, 너무 보고 싶었던 그녀의 목소리를 듣고만 있었다. 처음 만났을 때 아무 말 못 하고 바라볼 수밖에 없었던 간절함이 다시 나를 멈추게 했다. 가슴속 깊이 감동과 슬픔이 뒤섞여 벅차올랐다. 눈물은 쏟아졌고, 그 눈물은 숨을 막히게 했다. 울고 있다는 것을 그녀가 알게 하면 안 된다. 한 손으로 입을 틀어막았다. 수화기에는 정적만 흘렀다. 그 정적만으로도 슬픔이 묻어나는 걸까?

"기종? 맞지?"

그녀가 날 부르는 소리에 눈물이 더 많이 흘렀다.

"전화했으면 말을 해. 왜 전화했어? 너 내게 왜 그래? 너 이러려고 나를 좋아하고, 그동안 편지한 거야? 이런 슬픔 주려고? 나를 아프게 하려고? 도대체 왜 그래."

'미안해, 미안해, 미안해.'

"기종아, 이러지 마. 제발."

이미 답은 정해졌다. 쏟아지는 그녀의 질문과 원망에 침묵으로 답해야 했다. 그녀도 흐느끼며 지쳐 갔다. 서로의 침묵이 흐르는 동안 내 손에 남았던 동전은 어느덧 사라졌다. 몇 초 남지 않았다는 신호음이 울렸다. 말해야 한다. 미안하다는 말은 해야 한다. 하지만 결국 아무 말 못 한 채 신호가 끊겼다. 수화기를 걸고 뒤돌아 공중전화 부스에서 나왔다. 파도가 함께 울어 줘서 소리 내 울기 좋았다. 이젠 그녀를 못 볼 것이다. 연락도 못 할 것이다.

제주살이를 마치고 건강을 회복해서 집에 왔다. 나는 복학했고, 졸업했다. 그녀와 이별한 후 블루마운틴에 한 번도 가지 않았고, '거기'는 기억으로만 남은 채 몇 년 후 사라졌다. 그녀의 소식을 딱 한 번 들었다. 초등학교 친구의 결혼식장에서 민경을 우연히 만났다. 민경은 조심스레 그녀의 소식을 전했다.

"기종아, 미수 내년 봄에 결혼해."

"그렇구나."

그게 다였다. 민경은 더는 말하지 않았다. 결혼 상대자가 누군지, 언제 어디서 하는지 궁금했지만, 물을 수 없었다. 내가 무슨 자격으로. 민경도 다음 해 결혼해서 남편과 함께 뉴질랜드로 이민 갔다. 그녀의 소식은 어디에서도 들을 수 없었다.

적분상수

우연의 일치일까? 반짝이는 잔물결의 뜻을 가진 '윤슬'은 고요한 내 마음에 큰 물결을 일으켰다. 나는 달걀, 윤슬, 그녀의 연관성을 따지는 네 집중했다. 그래서 커피가 아닌 정신을 팔았다. 손님의 주문을 잊어 다시 물어보거나, 다른 메뉴로 제공했다. 차라리 카페 문을 닫고 다음 모임을 기다릴까 하다가도 윤슬이 찾아올 수 있다는 기대 때문에 그러지 못했다. 수학을 가르쳐 주기로 했으니 윤슬은 올 것이다. 모임을 하며 이름이나 연락처를 묻지 않은 게 잘못이다. 최소 이름과 연락처만이라도 공유해야 했다. 아니다. 그랬다면 원장님, 쉬리, 어르신, 여중생은 모임에 오지 않았을지도 모른다. 서로의 이름과 연락처를 모르기 때문에 마음속 숨겨 둔 이야기를 할 수 있었을 것이다. 어쨌든 그녀가 내 주변에 있다는 것은 확실했다. 잊은 듯 살았지만, 하루도 잊지 않았던 그녀였다. 일기장에는 매일 MS가 그녀의 이름을 대신했다. 그런 그녀가 갑자기 나타난 것이다. 윤슬의 엄마가 그녀가 아닐 수도 있지만 난 이미 확신하고 있었다. 어찌 아닐 수가 있을까? 그래야만 했다. 나의 원점을 다시 찾은 것이다. 그동안 좌표를 잃고 헤맸다. 원점을 잃었기 때문이다. 도대체 내가 몇 사분면에서 자리 잡고 있는지 알 수 없었다. 그녀가 나타난다면 내 위치는 명확해질 것이다.

카페 문이 열릴 때마다 울리는 종소리에 계속 놀랐다. 그때마다 심장이 아팠다. 문에 달린 요란한 종소리만큼이나 심장도 요동쳤다. 상혁이 옆구리에 보드게임을 끼고 무표정하게 들어왔다. 상혁은 일주일에 한 번씩 내게 도전 중이지만, 아직 한 번도 이기지 못했다. 상혁이 항상 앉는 자리에 상자를 열어 판을 벌였다. 나는 맞은편에 앉았지만, 숫자들이 눈에 들어오지 않았다. 상혁은 처음으로 이겼지만 기뻐하지 않았다. 그 대신 나를 노려보더니, 보드게임 장비와 숫자 타일들을 상자에 담아 정리했다.

"미안해."

"이번 판은 무효예요. 과외비에서도 뺄 거예요."

"그래. 요즘 내가 생각이 많아서……."

"다음 주에 올게요."

상혁은 내 어깨에 손을 얹어 토닥이고 나갔다. 작은 나비의 날갯짓이 지구 반대편에서 태풍을 일으킬 수도 있듯이 어린 녀석의 손길에 감정이 벅차올랐다. 탁자 위에 눈물이 떨어졌다. 눈물은 탁자 위를 흘러 바닥으로 다시 떨어졌다. 중학생 때 그녀를 처음 본 후 4년을 기다려 만났다. 블루마운틴에서 처음 만난 후 8개월 만에 헤어졌다. 그리고 27년을 기다렸다. 만일 윤슬의 엄마가 그녀가 아니라면 그 사실을 감당할 수 있을까? 견뎌낼 자신이 없었다.

숨이 막힐 듯 길게 느껴진 2주가 지나고 모임이 있는 날이 됐다. 하루의 한 시간이 2주의 시간만큼이나 길게 느껴졌다. 안절부절 어쩔 줄 모르고 카페 안을 돌아다녔다. 평소보다 두 시간 일찍 영업을 종료했다. 윤슬이 안 오면 어쩌지? 설마 내가 그녀의 존재를 알게 돼서 안 올 수도 있지 않을까? 아니면 윤슬이 엄마랑 올 수도 있을 텐데. 윤슬의 엄마가 그녀가 아니면? 걱정이 쉼 없이 떠올라 머리가 터질 것 같았다. 모임 시간에 맞춰 사람들이 한 명씩 왔다. 원장님, 어머니, 쉬리, 어르신이 차례로 왔다. 윤슬은 왜 안 오지? 어머니는 커피 안 주냐고 물었고, 나는 못 들은 척 문 앞에 서 있었다. 어머니는 사람들 눈치를 보더니 내게 다가와 왜 그러냐고 물었다. 별일 아니라며 주방으로 가서 커피를 내렸다. 누군가 들어오는 소리가 들렸다. 귀에 거슬리기만 하던 종소리가 이리도 반갑기는 처음이었다. 윤슬이 왔다. 커피머신에 포트를 꽂아 놓은 상태로 윤슬에게 급하게 다가갔다. 사람들은 나누던 대화를 멈추고 이상하게 바라봤다.

"윤슬아, 혹시……."

윤슬도 놀란 눈으로 날 쳐다봤다. 윤슬의 눈이 그녀를 닮았다. 아니 똑같았다. 왜 그동안 몰랐을까? 대학 주점에서 내게 얼굴을 디밀며 빤히 쳐다보던 그녀의 눈이었다. 나를 쳐다보며 "너 지금 뭐라 했어?"라고 물어볼 때 마주쳤던 그 눈동자였다.

"혹시 엄마 이름이……."

숨이 멎을 거 같았다. 그녀의 이름이 잘 나오지 않아 한 글자씩 말해야 했다.

"지, 미, 수?"

윤슬은 대답 없이 한발 뒤로 물러나더니 가방을 뒤졌다. 가방에서 편지를 꺼내 건넸다.

"아저씨 이거요. 엄마 이름 물어보면 이 편지 주라고 했어요."

편지를 두 손으로 받아들었다. 편지 봉투 구석에는 '기종'이라고 쓰여 있었다. 두 글자만으로도 그녀임을 알 수 있었다. 그녀의 글씨체다. 변하지 않았구나.

이상한 분위기를 눈치챈 쉬리가 말했다.

"여러분, 오늘은 우리 노래방 가요. 친목 도모를 위해서 나누고파 노래자랑 어때요? 이런 날도 있어야죠."

어머니는 걱정스러운 눈빛으로 날 쳐다봤고, 사람들은 그런 어머니를 데리고 나갔다. 나는 그대로 한참 서 있다 카페 안에 정적이 흐른 뒤에야 정신을 차리고 가까운 의자에 앉았다. 편지 봉투를 조심히 뜯었다. 손이 떨려 잘 뜯어지지 않았다. 익숙한 글씨체가 편지지를 채우고 있었다. 그녀의 글씨체마저도 그리웠다.

안녕? 많이 놀랐지?

이 편지를 읽고 있다면 내가 윤슬의 엄마라는 것을 알게 됐다는 의미겠지?

너는 어땠는지 모르겠지만, 나는 너를 보고 싶었어.

남편이 멀리 떠나고 딸과 함께 광주로 돌아왔어. 어느 날 옛 추억을 생각하며 걷다가 카페 '파란뫼'를 보게 됐어. 네가 그곳에 있다는 걸 바로 알 수 있었지만, 카페 안으로 들어가 만날 용기가 없었어. 멀리서 지켜봤는데 창문 너머로 하늘을 보고 있는 네가 보였어. 너를 보자 눈물이 났어.

매일 찾아갈까 고민했어. 그러다 카페 앞에 모임을 만든다는 광고를 봤어. 너도 알듯이 나도 딸도 매우 힘들 때였어. 사고로 아빠를 잃은 충격에 힘들어하는 딸을 나 혼자 감당할 수 없었어. 상담을 받았는데 딸을 모임이나 단체활동을 시켜 보라고 추천하더라고. 모르는 사람들과 어울리면 더 쉽게 마음을 열 수도 있을 거라고 했어. 하지만 어린 딸을 보호자 없이 모임에 보낸다는 게 걱정됐어. 모임 이름이 '나누고파'라고 했던가? 때마침 네가 모임을 만든 거야. 너라면 윤슬을 지켜 줄 수 있을 거라고 믿었어.

내가 감당해야 할 일을 너에게 떠맡긴 것 같아 내내 미안했어. 처음엔 딸이 가기 싫어하더니 언제부턴가 잔소리 안 해도 스스로 가더라고. 지금은 예전처럼 밝아졌어. 다 네 덕분이야. 고마워.

언젠가 네가 딸의 이름과 내가 엄마란 걸 알게 될 거라고 생각했어. 그 순간을 위해서 이 편지를 쓴다. 나는 해 준 게 아무것도 없는데, 너는 너무 많은 것을 주는구나. 내 주변에 있어 줘서 고맙고, 미안해.

PS. 다음 주 토요일 5시, 거기.

읽고, 또 읽었다. 우리가 자주 만나던 그곳, 커피숍 '블루마운틴'을 약속 장소로 정할 때 항상 '거기'라고 했었다. 블루마운틴이 없어진 지금 거기란 이곳일 것이다. 여기 카페 '파란뫼'로 그녀가 오겠다는 뜻이었다.

일주일이 지나 그녀가 오기로 약속한 토요일이 됐다. 카페는 휴업했다. 하지만 평소대로 환기하고, 청소했다. 재고를 확인하고, 재료 주문도 했다. 구름이 이불처럼 깔려 보슬비가 조용히 내렸다. 파란 하늘이 보이지 않아 아쉬웠다. 머그잔에 담긴 따뜻한 커피에서 김이 모락모락 올라가 내려앉은 구름에 보태지는 기분이 들었다. 한 모금 마시니 산미를 가득 품은 커피가 입안에 잠깐 머물다 목구멍으로 미끄러져 넘어갔다. 커피처럼 저 구름을 마셔 버리면 좋겠다. 그러면 파란 하늘이 펼쳐지고 그녀는 두 팔을 위로 뻗으며 '오늘도 하늘이 다했다.'라고 말할 텐데. 그녀는 자신이 이 말을 습관처럼 자주 했다는 것을 기억할까?

윤슬의 엄마가 오래도록 그리워한 그녀라는 것을 알게 된 어머니는 걱정했다. 어머니는 걱정을 굳이 말하지 않았지만, 나는 알 수 있었다. 어머니의 침묵에 감사했다. 승배도 그녀와 만난다는 소식을 전해 듣고 놀라워했다.

"너희들은 그냥 운명이네. 이번에는 도망가지 마라."

이젠 도망갈 수도 없다. 그땐 어리석고 용기도 없었다. 시간은 내게 슬픔과 함께 용기를 줬다. 그녀를 만나려면 시간이 많이 남았다. 거울을 봤다. 이대로는 안 되겠다 싶어 앞치마를 벗고 미용실로 갔다. 그리고 집으로 가서 밝은 옷으로 갈아입었다.

5시가 되려면 30분 남았다. 앉았다 서기를 반복했다. 어떻게 맞이해야 할까? 20분 남았다. 인사를 어떻게 해야 할까? 10분 남았다. 그녀가 오는 모습을 볼 수 있을까 해서 창밖을 봤다. 하늘을 가리고 있던 구름이 어느새 사라졌다. 하늘은 누가 걸레질이라도 한 듯 파란빛이 나도록 깨끗했다. 어? 무지개다. 저 멀리 보이는 산 위로 무지개가 걸쳐 있었다. 참 오랜만이네. 무지개는 한 개의 색이 아니고 여러 색이 모여서 예쁘다. 나누고파 사람들이 어울려 그녀라는 아름다운 무지개로 완성됐다. 왜 창밖을 보게 됐는지도 잊은 채 하늘을 멍하니 바라봤다. 파란 하늘을 배경으로 그녀의 얼굴이 떠올랐다. 그녀를 처음 봤을 때도 하늘이 이랬지. 기억 속 그녀는 파란색을 배경으로 했다. 파란 하늘, 파란 바다, 파란 마음. 눈을 깜빡이고 다른 곳을 봐도 그녀의 얼굴이 사라지지 않았다. 내가 본 그녀는 상상이 아니었다. 그녀가 뒤에 서서 유리창에 비친 모습이었다. 빠르게 고개를 돌리니 바로 앞에 그녀가 서 있었다. 그때서야 며칠 전 수명을 다하고 문에서 떨어져 나간 종이 생각났다. 도자기로 만든 종은 바닥에 떨어져 깨지면서 살아 있을 때보다 더 요란한 소리로 존재를 알리고 사라졌다. 그녀가 먼저 인사했다.

"안녕?"

"어, 안녕?"

기억하는 모습 그대로였다.

"그대로네."

"에이, 무슨 소리. 많이 늙었지. 너야말로 그대로다."

우리는 마주 앉았다. 따뜻한 커피를 앞에 놓고 한동안 말이 없었다.

"우리 처음 만났을 때 같다."

"그래, 그때도 이랬지."

"하늘 보고 있었어?"

"응, 오전에는 비가 오더니, 그새 갰네."

"고마워."

"응? 뭐가?"

"윤슬이."

"아, 고맙긴……. 윤슬이 다시 밝아져 다행이야."

"그동안 어찌 지냈어?"

"고등학교에서 수학 가르치다 작년에 퇴직했어. 뭐 할 것도 없어서 퇴직금으로 이 카페 차린 거야. 근데 손님은 없어."

남들이 손님도 없다고 하면 싫었는데, 결국 내 입으로 그 말을 내뱉었다. 멋쩍게 웃으며 쓸데없는 말을 한 걸 후회했다.

"이젠 아프지 않지?"

"그럼. 괜찮아. 너는 어떻게 지냈어?"

"난 졸업하고 기간제 교사 몇 년 하다가 결혼했어. 결혼해서는 그냥 주부로 살았지 뭐."

"민경에게 결혼한다는 얘기를 듣긴 했어."

"그랬구나."

"혹시 누구랑 결혼하는지 궁금하지 않았어?"

"사실 궁금했어. 그런데 민경에게 결혼식 시간과 장소를 물어보지 않았어. 내가 가면 안 될 거 같아서."

"그랬구나. 나는 네가 결혼식에 올 수도 있겠다 하고 기대했는데. 남편은 꽃다발 주며 고백했던 사람이야."

"내가 생각나서 안 받았던……."

"맞아, 남편이 군대 제대 후 복학해서 사귀게 됐어."

"그랬구나."

"네 생각 종종 했어. 남편에게 미안한 일이지만……. 그렇다고 남편을 사랑하지 않은 건 아니니까."

"나도 네 생각 많이 했어."

"이상한 일이야."

"뭐가?"

"결혼한 후 꽃다발만 보면 네 생각이 나는 거야. 남편은 생일과 결혼기념일에 꽃다발을 줬는데, 예전처럼 네가 떠오르는 거야. 웃기지?"

그동안 가졌던 하나의 의문이 뇌리를 스쳤다. 혹시 매년 눈물을 흘리던 날들이…….

"뭐 하나 물어봐도 돼?"

"그럼."

"혹시 결혼기념일이 5월 13일이니?"

"응, 맞아. 어떻게 알았어?"

"그러면 9월 15일은?"

"그날은 남편이 떠난 날이야. 그런데 네가 어떻게 알고 물어보는 거야?"

그동안 눈물을 흘렸던 일을 얘기해 줬다. 그녀는 신기해하며 이유를 알아낸 듯 말했다.

"매년 국화 한 다발을 남편 수목장 나무 밑에 놓고 와. 국화를 볼 때도 네 생각이 났어. 남편과 네가 함께 떠올라 혼란스러웠어. 그런데 올해는 그러지 않더라고. 아마 네가 가까이 있다는 걸 알아서 그랬나 봐."

우리는 함께 저녁을 먹고 술을 마셨다. 아주 오래전 그날처럼 그녀를 집에 바래다주었다.

"가끔 카페 가도 돼?"

"물론이지. 언제든지 와. 커피는 공짜로 줄게."

그녀는 웃으며 들어갔고, 나도 웃으며 손을 흔들어 인사했다.

시간이 흐르면 기억도 줄어든다. 최초의 기억이 1이라면, 둘째 날은 2분의 1, 셋째 날은 3분의 1이 된다. 하루하루가 지날 때마다 미수에 대한 자세한 기억들이 줄어들었다. 그녀의 눈썹 모양, 얼굴 점의 위치, 손의 느낌과 같은 기억이 하나씩 지워졌다. 그게 무서웠다. 이렇게 줄다 보면 기억은 0이 될 것이다. 아무것도 남지 않아 길에서 그녀를 지나쳐도 모를까 봐 겁이 났다. 기억이 줄어드는 만큼 그리움은 쌓였다. 최초의 그리움이 1이라면, 둘째 날은 $1+\frac{1}{2}$, 셋째 날은 $1+\frac{1}{2}+\frac{1}{3}$, 넷째 날은 $1+\frac{1}{2}+\frac{1}{3}+\frac{1}{4}$이 됐다. 하루하루가 지날 때마다 그리움은 계속 더해졌다. 아무리 작아도 그들이 무한히 더해지면 합이 무한대가 된다. 그리움이 무한대로 커져 감당할 수 없게 됐다. 28년간 미수에 대한 그리움이 쌓여 어쩌지 못하고 있을 때 그녀가 나타났다. 원점을 다시 찾았다. 내 삶은 원점을 중심으로 제대로 된 방향을 잡고 움직일 것이다. 그녀가 원점으로 돌아왔다.

카페 출입문에 종을 새로 붙였다. 그동안 요란스러운 종소리라도 적응이 됐는지 아무 소리가 나지 않으니 불편했다. 지난 종소리와 다르게 가볍고 청아했다. 어머니는 두 손 가득 보따리를 들고 왔다. 역시 어머니의 손은 컸다. 네 개의 탁자를 붙여 만든 큰 사각형 위에 어머니는 정성껏 만든 음식을 접시에 담아 놓았다. 가족 생일에 만들던 음식들이었다. 불고기, 잡채, 모둠전, 김치에 인절미까지. 어머니는 항상 음식을 빠르게 많이 하고 주변 사람들과 나누길 좋아했다. 원장님도 두 손 가득 직접 만든 케이크와 빵을 들고 왔다. 어머니는 원장님과 함께 탁자 가운데 케이크를 놓고 빵을 접시에 담았다. 어머니는 원장님의 빵을 하나 먹고, 원장님은 인절미를 하나 먹었다. 서로 맛있다며 칭찬하느라 시끄러웠다. 어르신은 맥주와 음료를 사 왔다. 짐을 받아드는 내게 "이 정도면 될까?"라고 물어봤다. 어르신이 들 수 있는 만큼 최대로 사 온 것으로 보였다. "너무 많아요."라고 말하며 냉장고에 넣었다. 어르신은 땀을 닦으며 자리에 앉아 차려진 음식을 보고 놀랐다. 어르신도 어머니와 원장님의 수다에 동참했다. 윤슬이 뛰어 들어왔다.

"아저씨, 저 왔어요."

"엄마는?"

윤슬은 다시 나가 미수의 손을 잡아끌고 들어왔다.

"왔어?"

"응, 근데 내가 와도 되는 자리야?"

"그럼, 다들 너를 궁금해하며 기다리셔. 특히, 우리 어머니가."

어머니는 미수가 온 것을 보고 바로 다가왔다.

"어서 와요."

"안녕하세요?"

"오늘 처음 보는데 옛날부터 알고 있던 사람을 만나는 느낌이네."

그렇게 어머니의 친화력으로 미수도 자리에 앉았다. 아직 쉬리는 오지 않았다. 조금 늦게 올 것이다. 쉬리를 뺀 우리는 나누고파 모임 시각 30분 전에 모이기로 했었다. 어머니, 원장님, 윤슬의 전화번호는 이미 알고 있었고, 어르신의 전화번호는 건물주를 통해서 알아냈다. 쉬리는 오늘 파티의 주인공이다. 쉬리는 며칠 전 카페로 찾아와 공무원 공채 합격 소식을 전했다. 이젠 아침에 공부하러 올 필요가 없다며. 모든 준비가 끝나자 쉬리가 청아한 종소리를 울리며 문을 열고 들어왔다. 다들 일어나 박수를 보냈고, 나와 원장님은 폭죽을 터트렸다. 윤슬은 직접 사 온 꽃다발을 쉬리 품에 안겼다. 쉬리는 놀라고 감격했다. 쉬리가 '축 합격'이라고 쓰인 케이크를 자르자 다 같이 건배하며 축하 인사를 건넸다. 나는 식사를 마치고 커피를 준비했다. 윤슬이 따라와 커피 만드는 걸 거들었다. 낯선 사람들 속에서 함께 웃고 있는 미수가 보였다. 그녀가 있어 더 행복한 날이다.

몇 달 전만 해도 길에서 무심히 지나쳤을 사람들이다. 나누고파 모임에서 함께하며 우리가 됐다. 우리가 된다는 건 단순한 모임이 아니라 더 큰 가치를 가진다. 교직에 있을 때, 날 좋아하던 한 여학생이 밸런타인데이라며 초콜릿을 만들어 줬다. 모양이나 포장을 봐서 시중에서 파는 게 아니었다. 고맙고 미안한 마음에 "직접 만들지 말고 그냥 사서 줘도 되는데."라고 했다. 수학을 좋아하던 여학생은 멋지게 대답했다.

"선생님, x를 미분하면 1이고, 그 1을 적분하면 $x+C$가 되잖아요. 맛있게 드세요."

여학생은 그렇게 말하고 설명도 없이 가 버렸다. 나는 그 의미를 바로 알았다. 초콜릿을 녹여서 다시 만들면 처음의 초콜릿이 아니다. 적분하면 적분상수 C가 붙듯 정성과 사랑이 붙는다.

그리고 내가 고등학생일 때 수학 선생님과 나눴던 대화가 생각났다. 부정적분하라는 문제의 답을 적으면서 C를 붙이지 않아 틀렸다. 억울한 마음에 수학 선생님을 찾아가 C를 붙이지 않아도 답이 되는 거 아니냐고 따졌다. 수학 선생님은 내 얘기를 끝까지 듣더니 물었다.

"기종아, 우리나라에 어떤 부류의 사람이 살고 있니?"

"네? 뭐, 남자요."

"남자만 있는 건 아니잖아."

"남자와 여자요."

"또?"

"노인과 청년이요."

"또?"

"건강한 사람과 아픈 사람이요."

"또?"

"잘생긴 사람과 못생긴 사람? 에이, 너무 많아요."

"그래, 바로 그거다. 그래서 적분상수 *C*가 필요한 거야. 답이 너무 많아서. 그런데 네가 *C*를 쓰지 않았다는 것은 우리나라에 남자만 산다고 대답하는 것과 같은 이치야. 이해하겠니?"

"그건 좀 억지 아닌가요?"

"아직 이해 못 했구나? 가서 생각해 봐."

맛있는 음식을 나눠 먹고, 얘기하며 웃고 있는 나누고파 사람들을 보고 있으니 적분상수 *C*의 중요성을 이해할 수 있었다. 함께한다는 것은 단순하게 1+1이 2가 되는 것처럼 커지는 게 아니다. 서로를 존중하면 더 큰 가치로 커진다.

문도지 오름은 긴 시간 동안 변함없이 그대로였다. 숲을 지나 정상에 오르니 바람이 거세게 불었다. 나는 잡고 있던 손을 놓고 미수의 어깨를 감쌌다. 다행히도 하늘은 맑았다. 흰 구름은 바람을 좇듯 빠르게 흘렀다. 나는 30년 전 미수에 대한 그리움과 아쉬움을 묻어 뒀던 그곳에 섰다. 미수는 바람에 날아가려는 모자를 누르고 앞에 펼쳐진 풍경을 보며 감탄했다. 나는 두 팔 벌려 하늘을 보며 외쳤다.

"오늘도 하늘이 다했다!"

바람에 내가 쓰고 있던 모자가 날아갔다.

감사의 글

소중한 인물로서 소설에 등장하는 은혜 님, 은실 님, 상혁 님, 기종 님, 요환 님, 세 친구 경환 님, 종필 님, 승배 님 그리고 그리운 민주 님.

원고를 읽고 애정 어린 조언을 해 준 성빈 님, 윤곤 님, 애가 님, 소영 님, 재형 님.

포기하지 않게 아낌없이 응원해 준 동일 님, 성훈 님, 영주 님, 기주 님, 진우 님 그리고 먹쓰리 우진 님, 다미 님, 하나 님.

'호르바'라는 멋진 필명을 지어준 태승 님.

내 삶의 여러 의미로 존재하는 종대 님, 승유 님, 주호 님, 원욱, 새안 그리고 명순 님.

님들 덕분에 소설을 쓰는 내내 행복했습니다. 감사합니다.

2023년 3월

이용호

원점으로
돌아오다

초판 1쇄 발행 2023년 4월 24일

지은이 호르바
펴낸이 이기봉
편집 좋은땅 편집팀
펴낸곳 도서출판 좋은땅
주소 서울특별시 마포구 양화로12길 26 지월드빌딩 (서교동 395-7)
전화 02)374-8616~7
팩스 02)374-8614
이메일 gworldbook@naver.com
홈페이지 www.g-world.co.kr

ISBN 979-11-388-1851-3 (03810)

• 가격은 뒤표지에 있습니다.